# A HORA DA ESTRELA

clarice

# lispector

## A HORA DA ESTRELA

POSFÁCIO DE
PAULO GURGEL VALENTE

Rocco

Texto posfácio de Paulo Gurgel Valente

Direitos desta edição reservados à
EDITORA ROCCO LTDA.
Rua Evaristo da Veiga, 65 – 11º andar
Passeio Corporate – Torre 1
20031-040 – Rio de Janeiro, RJ
Tel.: (21) 3525-2000 – Fax: (21) 3525-2001
rocco@rocco.com.br | www.rocco.com.br

*Printed in Brazil*/Impresso no Brasil

*Preparação de originais*
Pedro Karp Vasquez

*Projeto gráfico*
Victor Burton e Anderson Junqueira

**CIP-BRASIL. CATALOGAÇÃO NA PUBLICAÇÃO**
**SINDICATO NACIONAL DOS EDITORES DE LIVROS, RJ**

L753h

Lispector, Clarice, 1920-1977
A hora da estrela / Clarice Lispector ; posfácio Paulo Gurgel Valente. - 1. ed. - Rio de Janeiro : Rocco, 2025.

"Inclui posfácio"
"Edição em capa dura"
ISBN 978-65-5532-521-8

1. Romance brasileiro. I. Valente, Paulo Gurgel. II. Título.

25-96027 CDD: 869.3
CDU: 82-31(81)

Meri Gleice Rodrigues de Souza - Bibliotecária - CRB-7/6439

O texto deste livro obedece às normas
do Acordo Ortográfico da Língua Portuguesa.

Impressão e Acabamento: Geográfica.

# A HORA DA ESTRELA

A hora da estrela

*ou*

A culpa é minha

*ou*

Ela que se arranje

*ou*

O direito ao grito

Clarice Lispector

.Quanto ao futuro.

*ou*

Lamento de um blue

*ou*

Ela não sabe gritar

*ou*

Uma sensação de perda

*ou*

Assovio no vento escuro

*ou*

Eu não posso fazer nada

*ou*

Registro dos fatos antecedentes

*ou*

História lacrimogênica de cordel

*ou*

Saída discreta pela porta dos fundos

# DEDICATÓRIA DO AUTOR (NA VERDADE CLARICE LISPECTOR)



*Pois que dedico esta coisa aí ao antigo Schumann e sua doce Clara que são hoje ossos, ai de nós. Dedico-me à cor rubra muito escarlate como o meu sangue de homem em plena idade e portanto dedico-me a meu sangue. Dedico-me sobretudo aos gnomos, anões, sílfides e ninfas que me habitam a vida. Dedico-me à saudade de minha antiga pobreza, quando tudo era mais sóbrio e digno e eu nunca havia comido lagosta. Dedico-me à tempestade de Beethoven. À vibração das cores neutras de Bach. A Chopin que me amolece os ossos. A Stravinsky que me espantou e com quem voei em fogo. À "Morte e Transfiguração", em que Richard Strauss me revela um destino? Sobretudo dedico-me às vésperas de hoje e a hoje, ao transparente véu de Debussy, a Marlos Nobre, a Prokofiev, a Carl Orff, a Schönberg, aos dodecafônicos, aos gritos rascantes dos eletrônicos – a todos esses que em mim atingiram zonas assustadoramente inesperadas, todos esses profetas do presente e que a mim me vaticinaram a mim mesmo a ponto de eu neste instante explodir em: eu. Esse eu que é vós pois não aguento ser apenas mim, preciso dos outros para me manter de pé, tão tonto que sou, eu enviesado, enfim que é que se há de fazer senão meditar para cair naquele vazio pleno que só se atinge com a meditação. Meditar não precisa de ter resultados: a meditação pode ter como fim apenas ela mesma. Eu medito sem palavras e sobre o nada. O que me atrapalha a vida é escrever.*

*E – e não esquecer que a estrutura do átomo não é vista mas sabe-se dela. Sei de muita coisa que não vi. E vós também. Não se pode dar uma prova da existência do que é mais verdadeiro, o jeito é acreditar. Acreditar chorando.*

*Esta história acontece em estado de emergência e de calamidade pública. Trata-se de livro inacabado porque lhe falta a resposta. Resposta esta que espero que alguém no mundo me dê. Vós? É uma história em tecnicolor para ter algum luxo, por Deus, que eu também preciso. Amém para nós todos.*

Tudo no mundo começou com um sim. Uma molécula disse sim a outra molécula e nasceu a vida. Mas antes da pré-história havia a pré-história da pré-história e havia o nunca e havia o sim. Sempre houve. Não sei o quê, mas sei que o universo jamais começou.

Que ninguém se engane, só consigo a simplicidade através de muito trabalho.

Enquanto eu tiver perguntas e não houver resposta continuarei a escrever. Como começar pelo início, se as coisas acontecem antes de acontecer? Se antes da pré-pré-história já havia os monstros apocalípticos? Se esta história não existe, passará a existir. Pensar é um ato. Sentir é um fato. Os dois juntos – sou eu que escrevo o que estou escrevendo. Deus é o mundo. A verdade é sempre um contato interior e inexplicável. A minha vida a mais verdadeira é irreconhecível, extremamente interior e não tem uma só palavra que a signifique. Meu coração se esvaziou de todo desejo e reduz-se ao próprio último ou primeiro pulsar. A dor de dentes que perpassa esta história deu uma fisgada funda em plena boca nossa. Então eu canto alto agudo uma melodia sincopada e estridente – é a minha própria dor, eu que carrego o mundo e há falta de felicidade. Felicidade? Nunca vi palavra mais doida, inventada pelas nordestinas que andam por aí aos montes.

Como eu irei dizer agora, esta história será o resultado de uma visão gradual – há dois anos e meio venho aos poucos descobrindo os porquês. É visão da iminência de. De quê? Quem sabe se mais tarde saberei. Como que estou escrevendo na hora mesma em que sou lido. Só não inicio pelo fim que justificaria o começo – como a morte parece dizer sobre a vida – porque preciso registrar os fatos antecedentes.



Escrevo neste instante com algum prévio pudor por vos estar invadindo com tal narrativa tão exterior e explícita. De onde no entanto até sangue arfante de tão vivo de vida poderá quem sabe escorrer e logo se coagular em cubos de geleia trêmula. Será essa história um dia o meu coágulo? Que sei eu. Se há veracidade nela – e é claro que a história é verdadeira embora inventada – que cada um a reconheça em si mesmo porque todos nós somos um e quem não tem pobreza de dinheiro tem pobreza de espírito ou saudade por lhe faltar coisa mais preciosa que ouro – existe a quem falte o delicado essencial.

Como é que sei tudo o que vai se seguir e que ainda o desconheço, já que nunca o vivi? É que numa rua do Rio de Janeiro peguei no ar de relance o sentimento de perdição no rosto de uma moça nordestina. Sem falar que eu em menino me criei no Nordeste. Também sei das coisas por estar vivendo. Quem vive sabe, mesmo sem saber que sabe. Assim é que os senhores sabem mais do que imaginam e estão fingindo de sonsos.

Proponho-me a que não seja complexo o que escreverei, embora obrigado a usar as palavras que vos sustentam. A história – determino com falso livre-arbítrio – vai ter uns sete personagens e eu sou um dos mais importantes deles, é claro. Eu, Rodrigo S. M. Relato antigo, este, pois não quero ser modernoso e inventar modismos à guisa de originalidade. Assim é que experimentarei contra os meus hábitos uma história com começo, meio e "gran finale" seguido de silêncio e de chuva caindo.

História exterior e explícita, sim, mas que contém segredos – a começar por um dos títulos, ".Quanto ao futuro.", que é precedido por um ponto final e seguido de outro ponto final. Não se trata de capricho meu – no fim talvez se entenda a necessidade do delimitado. (Mal e mal vislumbro o final que, se minha pobreza permitir, quero que seja grandioso.) Se em vez de ponto fosse seguido por reticências o título ficaria aberto a possíveis imaginações vossas, porventura até malsãs e sem piedade. Bem, é verdade que também eu não tenho piedade do meu personagem principal, a nordestina: é um relato que desejo frio. Mas tenho o direito de ser dolorosamente frio, e não vós. Por tudo isto é que não vos dou a vez. Não se trata apenas de narrativa, é antes de tudo vida primária que respira, respira, respira. Material poroso, um dia viverei aqui a vida de uma molécula com seu estrondo possível de átomos. O que escrevo é mais do que invenção, é minha obrigação contar sobre essa moça entre milhares delas. E dever meu, nem que seja de pouca arte, o de revelar-lhe a vida.

Porque há o direito ao grito.

Então eu grito.

Grito puro e sem pedir esmola. Sei que há moças que vendem o corpo, única posse real, em troca de um bom jantar em vez de um sanduíche de mortadela. Mas a pessoa de quem falarei mal tem corpo para vender, ninguém a quer, ela é virgem e inócua, não faz falta a ninguém. Aliás – descubro eu agora – também eu não faço a menor falta, e até o que escrevo um outro escreveria. Um outro escritor, sim, mas teria que ser homem porque escritora mulher pode lacrimejar piegas.

Como a nordestina, há milhares de moças espalhadas por cortiços, vagas de cama num quarto, atrás de balcões trabalhando até a estafa. Não notam sequer que são facilmente substituíveis e que tanto existiriam como não existiriam. Poucas se queixam e ao que eu saiba nenhuma reclama por não saber a quem. Esse quem será que existe?

Estou esquentando o corpo para iniciar, esfregando as mãos uma na outra para ter coragem. Agora me lembrei de que houve um tempo em que para me esquentar o espírito eu rezava: o movimento é espírito. A reza era um meio de mudamente e escondido de todos atingir-me a mim mesmo. Quando rezava conseguia um oco de alma – e esse oco é o tudo que posso eu jamais ter. Mais do que isso, nada. Mas o vazio tem o valor e a semelhança do pleno. Um meio de obter é não procurar, um meio de ter é o de não pedir e somente acreditar que o silêncio que eu creio em mim é resposta a meu – a meu mistério.

Pretendo, como já insinuei, escrever de modo cada vez mais simples. Aliás o material de que disponho é parco e singelo demais, as informações sobre os personagens são poucas e não muito elucidativas, informações essas que penosamente me vêm de mim para mim mesmo, é trabalho de carpintaria.

Sim, mas não esquecer que para escrever não importa o quê o meu material básico é a palavra. Assim é que esta história será feita de palavras que se agrupam em frases e destas se evola um sentido secreto que ultrapassa palavras e frases. É claro que, como todo escritor, tenho a tentação de usar termos suculentos: conheço adjetivos esplendorosos, carnudos substantivos e verbos tão esguios que atravessam agudos o ar em vias de ação, já que palavra é ação, concordais? Mas não vou enfeitar a palavra pois se eu tocar no pão da moça esse pão se tornará em ouro – e a jovem (ela tem dezenove anos) e a jovem não poderia mordê-lo, morrendo de fome. Tenho então que falar simples para captar a sua delicada e vaga existência. Limito-me a humildemente – mas sem fazer estardalhaço de minha humildade que já não seria humilde – limito-me a contar as fracas aventuras de uma moça numa cidade toda feita contra ela. Ela que deveria ter ficado no sertão de Alagoas com vestido de chita e sem nenhuma datilografia, já que escrevia tão mal, só tinha até o terceiro ano primário. Por ser ignorante era obrigada na datilografia a copiar lentamente letra por letra – a tia é que lhe dera um curso ralo de como bater à máquina. E a moça ganhara uma dignidade: era enfim datilógrafa. Embora, ao que parece, não aprovasse na linguagem duas consoantes juntas e copiava a letra linda e redonda do amado chefe a palavra "designar" de modo como em língua falada diria: "desiguinar".

Desculpai-me mas vou continuar a falar de mim que sou meu desconhecido, e ao escrever me surpreendo um pouco pois descobri que tenho um destino. Quem já não se perguntou: sou um monstro ou isto é ser uma pessoa?

Quero antes afiançar que essa moça não se conhece senão através de ir vivendo à toa. Se tivesse a tolice de se perguntar "quem sou eu?" cairia estatelada e em cheio no chão. É que "quem sou eu?" provoca necessidade. E como satisfazer a necessidade? Quem se indaga é incompleto.

A pessoa de quem vou falar é tão tola que às vezes sorri para os outros na rua. Ninguém lhe responde ao sorriso porque nem ao menos a olham.

Voltando a mim: o que escreverei não pode ser absorvido por mentes que muito exijam e ávidas de requintes. Pois o que estarei dizendo será apenas nu. Embora tenha como pano de fundo – e agora mesmo – a penumbra atormentada que sempre há nos meus sonhos quando de noite atormentado durmo. Que não se esperem, então, estrelas no que se segue: nada cintilará, trata-se de matéria opaca e por sua própria natureza desprezível por todos. É que a esta história falta melodia cantabile. O seu ritmo é às vezes descompassado. E tem fatos. Apaixonei-me subitamente por fatos sem literatura – fatos são pedras duras e agir está me interessando mais do que pensar, de fatos não há como fugir.

Pergunto-me se eu deveria caminhar à frente do tempo e esboçar logo um final. Acontece porém que eu mesmo ainda não sei bem como esse isto terminará. E também porque entendo que devo caminhar passo a passo de acordo com um prazo determinado por horas: até um bicho lida com o tempo. E esta é também a minha mais primeira condição: a de caminhar paulatinamente apesar da impaciência que tenho em relação a essa moça.




Com esta história eu vou me sensibilizar, e bem sei que cada dia é um dia roubado da morte. Eu não sou um intelectual, escrevo com o corpo. E o que escrevo é uma névoa úmida. As palavras são sons transfundidos de sombras que se entrecruzam desiguais, estalactites, renda, música transfigurada de órgão. Mal ouso clamar palavras a essa rede vibrante e rica, mórbida e obscura tendo como contratom o baixo grosso da dor. Alegro com brio. Tentarei tirar ouro do carvão. Sei que estou adiando a história e que brinco de bola sem a bola. O fato é um ato? Juro que este livro é feito sem palavras. É uma fotografia muda. Este livro é um silêncio. Este livro é uma pergunta.

Mas desconfio que toda essa conversa é feita apenas para adiar a pobreza da história, pois estou com medo. Antes de ter surgido na minha vida essa datilógrafa, eu era um homem até mesmo um pouco contente, apesar do mau êxito na minha literatura. As coisas estavam de algum modo tão boas que podiam se tornar muito ruins porque o que amadurece plenamente pode apodrecer.

Transgredir, porém, os meus próprios limites me fascinou de repente. E foi quando pensei em escrever sobre a realidade, já que essa me ultrapassa. Qualquer que seja o que quer dizer "realidade". O que narrarei será meloso? Tem tendência mas então agora mesmo seco e endureço tudo. É pelo menos o que escrevo não pede favor a ninguém e não implora socorro: aguenta-se na sua chamada dor com uma dignidade de barão.

É. Parece que estou mudando de modo de escrever. Mas acontece que só escrevo o que quero, não sou um profissional – e preciso falar dessa nordestina senão sufoco. Ela me acusa e o meio de me defender é escrever sobre ela. Escrevo em traços vivos e ríspidos de pintura. Estarei lidando com fatos como se fossem as irremediáveis pedras de que falei. Embora queira que para me animar sinos badalem enquanto adivinho a realidade. E que anjos esvoacem em vespas transparentes em torno de minha cabeça quente porque esta quer enfim se transformar em objeto-coisa, é mais fácil.

Será mesmo que a ação ultrapassa a palavra?

Mas que ao escrever – que o nome real seja dado às coisas. Cada coisa é uma palavra. E quando não se a tem, inventa-se-a. Esse vosso Deus que nos mandou inventar.

Por que escrevo? Antes de tudo porque captei o espírito da língua e assim às vezes a forma é que faz conteúdo. Escrevo portanto não por causa da nordestina mas por motivo grave de "força maior", como se diz nos requerimentos oficiais, por "força de lei".

Sim, minha força está na solidão. Não tenho medo nem de chuvas tempestivas nem das grandes ventanias soltas, pois eu também sou o escuro da noite. Embora não aguente bem ouvir um assovio no escuro, e passos. Escuridão? lembro-me de uma namorada: era moça-mulher e que escuridão dentro de seu corpo. Nunca a esqueci: jamais se esquece a pessoa com quem se dormiu. O acontecimento fica tatuado em marca de fogo na carne viva e todos os que percebem o estigma fogem com horror.

Quero neste instante falar da nordestina. É o seguinte: ela como uma cadela vadia era teleguiada exclusivamente por si mesma. Pois reduzira-se a si. Também eu, de fracasso em fracasso, me reduzi a mim mas pelo menos quero encontrar o mundo e seu Deus.

Quero acrescentar, à guisa de informações sobre a jovem e sobre mim, que vivemos exclusivamente no presente pois sempre e eternamente é o dia de hoje e o dia de amanhã será um hoje, a eternidade é o estado das coisas neste momento.

E eis que fiquei agora receoso quando pus palavras sobre a nordestina. E a pergunta é: como escrevo? Verifico que escrevo de ouvido assim como aprendi inglês e francês de ouvido. Antecedentes meus do escrever? sou um homem que tem mais dinheiro do que os que passam fome, o que faz de mim de algum modo um desonesto. E só minto na hora exata da mentira. Mas quando escrevo não minto. Que mais? Sim, não tenho classe social, marginalizado que sou. A classe alta me tem como um monstro esquisito, a média com desconfiança de que eu possa desequilibrá-la, a classe baixa nunca vem a mim.

Não, não é fácil escrever. É duro como quebrar rochas. Mas voam faíscas e lascas como aços espelhados.

Ah que medo de começar e ainda nem sequer sei o nome da moça. Sem falar que a história me desespera por ser simples demais. O que me proponho contar parece fácil e à mão de todos. Mas a sua elaboração é muito difícil. Pois tenho que tornar nítido o que está quase apagado e que mal vejo. Com mãos de dedos duros enlameados apalpar o invisível na própria lama.

De uma coisa tenho certeza: essa narrativa mexerá com uma coisa delicada: a criação de uma pessoa inteira que na certa está tão viva quanto eu. Cuidai dela porque meu poder é só mostrá-la para que vós a reconheçais na rua, andando de leve por causa da esvoaçada magreza. E se for triste a minha narrativa? Depois na certa escreverei algo alegre, embora alegre por quê? Porque também sou um homem de hosanas e um dia, quem sabe, cantarei loas que não as dificuldades da nordestina.

Por enquanto quero andar nu ou em farrapos, quero experimentar pelo menos uma vez a falta de gosto que dizem ter a hóstia. Comer a hóstia será sentir o insosso do mundo e banhar-se no não. Isso será coragem minha, a de abandonar sentimentos antigos já confortáveis.

Agora não é confortável: para falar da moça tenho que não fazer a barba durante dias e adquirir olheiras escuras por dormir pouco, só cochilar de pura exaustão, sou um trabalhador manual. Além de vestir-me com roupa velha rasgada. Tudo isso para me pôr no nível da nordestina. Sabendo no entanto que talvez eu tivesse que me apresentar de modo mais convincente às sociedades que muito reclamam de quem está neste instante mesmo batendo à máquina.

Tudo isso, sim, a história é história. Mas sabendo antes para nunca esquecer que a palavra é fruto da palavra. A palavra tem que se parecer com a palavra. Atingi-la é o meu primeiro dever para comigo. E a palavra não pode ser enfeitada e artisticamente vã, tem que ser apenas ela. Bem, é verdade que também queria alcançar uma sensação fina e que esse finíssimo não se quebrasse em linha perpétua. Ao mesmo tempo que quero também alcançar o trombone mais grosso e baixo, grave e terra, tão a troco de nada que por nervosismo de escrever eu tivesse um acesso incontrolável de riso vindo do peito. E quero aceitar minha liberdade sem pensar o que muitos acham: que existir é coisa de doido, caso de loucura. Porque parece. Existir não é lógico.

A ação desta história terá como resultado minha transfiguração em outrem e minha materialização enfim em objeto. Sim, e talvez alcance a flauta doce em que eu me enovelarei em macio cipó.

Mas voltemos a hoje. Porque, como se sabe, hoje é hoje. Não estão me entendendo e eu ouço escuro que estão rindo de mim em risos rápidos e ríspidos de velhos. E ouço passos cadenciados na rua. Tenho um arrepio de medo. Ainda bem que o que eu vou escrever já deve estar na certa de algum modo escrito em mim. Tenho é que me copiar com uma delicadeza de borboleta branca. Essa ideia de borboleta branca vem de que, se a moça vier a se casar, casar-se-á magra e leve, e, como virgem, de branco. Ou não se casará? O fato é que tenho nas minhas mãos um destino e no entanto não me sinto com o poder de livremente inventar: sigo uma oculta linha fatal. Sou obrigado a procurar uma verdade que me ultrapassa. Por que escrevo sobre uma jovem que nem pobreza enfeitada tem? Talvez porque nela haja um recolhimento e também porque na pobreza de corpo e espírito eu toco na santidade, eu que quero sentir o sopro do meu além. Para ser mais do que eu, pois tão pouco sou.

Escrevo por não ter nada a fazer no mundo: sobrei e não há lugar para mim na terra dos homens. Escrevo porque sou um desesperado e estou cansado, não suporto mais a rotina de me ser e se não fosse a sempre novidade que é escrever, eu me morreria simbolicamente todos os dias. Mas preparado estou para sair discretamente pela saída da porta dos fundos. Experimentei quase tudo, inclusive a paixão e o seu desespero. E agora só quereria ter o que eu tivesse sido e não fui.

Pareço conhecer nos menores detalhes essa nordestina, pois se vivo com ela. E como muito adivinhei a seu respeito, ela se me grudou na pele qual melado pegajoso ou lama negra. Quando eu era menino li a história de um velho que estava com medo de atravessar um rio. E foi quando apareceu um homem jovem que também queria passar para a outra margem. O velho aproveitou e disse:

– Me leva também? Eu bem montado nos teus ombros?

O moço consentiu e passada a travessia avisou-lhe:

– Já chegamos, agora pode descer.

Mas aí o velho respondeu muito sonso e sabido:

– Ah, essa não! É tão bom estar aqui montado como estou que nunca mais vou sair de você!

Pois a datilógrafa não quer sair dos meus ombros. Logo eu que constato que a pobreza é feia e promíscua. Por isso não sei se minha história vai ser – ser o quê? Não sei de nada, ainda não me animei a escrevê-la. Terá acontecimentos? Terá. Mas quais? Também não sei. Não estou tentando criar em vós uma expectativa aflita e voraz: é que realmente não sei o que me espera, tenho um personagem buliçoso nas mãos e que me escapa a cada instante querendo que eu o recupere.

Esqueci de dizer que tudo o que estou agora escrevendo é acompanhado pelo rufar enfático de um tambor batido por um soldado. No instante mesmo em que eu começar a história – de súbito cessará o tambor.

Vejo a nordestina se olhando ao espelho e – um rufar de tambor – no espelho aparece o meu rosto cansado e barbudo. Tanto nós nos intertrocamos. Não há dúvida que ela é uma pessoa física. E adianto um fato: trata-se de moça que nunca se viu nua porque tinha vergonha. Vergonha por pudor ou por ser feia? Pergunto-me também como é que eu vou cair de quatro em fatos e fatos. É que de repente o figurativo me fascinou: crio a ação humana e estremeço. Também quero o figurativo assim como um pintor que só pintasse cores abstratas quisesse mostrar que o fazia por gosto, e não por não saber desenhar. Para desenhar a moça tenho que me domar e para poder captar sua alma tenho que me alimentar frugalmente de frutas e beber vinho branco gelado pois faz calor neste cubículo onde me tranquei e de onde tenho a veleidade de querer ver o mundo. Também tive que me abster de sexo e de futebol. Sem falar que não entro em contato com ninguém. Voltarei algum dia à minha vida anterior? Duvido muito. Vejo agora que esqueci de dizer que por enquanto nada leio para não contaminar com luxos a simplicidade de minha linguagem. Pois como eu disse a palavra tem que se parecer com a palavra, instrumento meu. Ou não sou um escritor? Na verdade sou mais ator porque, com apenas um modo de pontuar, faço malabarismos de entonação, obrigo o respirar alheio a me acompanhar o texto.



Também esqueci de dizer que o registro que em breve vai ter que começar – pois já não aguento a pressão dos fatos – o registro que em breve vai ter que começar é escrito sob o patrocínio do refrigerante mais popular do mundo e que nem por isso me paga nada, refrigerante esse espalhado por todos os países. Aliás foi ele quem patrocinou o último terremoto em Guatemala. Apesar de ter gosto do cheiro de esmalte de unhas, de sabão Aristolino e plástico mastigado. Tudo isso não impede que todos o amem com servilidade e subserviência. Também porque – e vou dizer agora uma coisa difícil que só eu entendo – porque essa bebida que tem coca é hoje. Ela é um meio da pessoa atualizar-se e pisar na hora presente.

Quanto à moça, ela vive num limbo impessoal, sem alcançar o pior nem o melhor. Ela somente vive, inspirando e expirando, inspirando e expirando. Na verdade – para que mais que isso? O seu viver é ralo. Sim. Mas por que estou me sentindo culpado? E procurando aliviar-me do peso de nada ter feito de concreto em benefício da moça. Moça essa – e vejo que já estou quase na história – moça essa que dormia de combinação de brim com manchas bastante suspeitas de sangue pálido. Para adormecer nas frígidas noites de inverno enroscava-se em si mesma, recebendo-se e dando-se o próprio parco calor. Dormia de boca aberta por causa do nariz entupido, dormia exausta, dormia até o nunca.

Devo acrescentar um algo que importa muito para a apreensão da narrativa: é que esta é acompanhada do princípio ao fim por uma levíssima e constante dor de dentes, coisa de dentina exposta. Afianço também que a história será igualmente acompanhada pelo violino plangente tocado por um homem magro bem na esquina. A sua cara é estreita e amarela como se ele já tivesse morrido. E talvez tenha.

Tudo isso eu disse tão longamente por medo de ter prometido demais e dar apenas o simples e o pouco. Pois esta história é quase nada. O jeito é começar de repente assim como eu me lanço de repente na água gélida do mar, modo de enfrentar com uma coragem suicida o intenso frio. Vou agora começar pelo meio dizendo que –

– que ela era incompetente. Incompetente para a vida. Faltava-lhe o jeito de se ajeitar. Só vagamente tomava conhecimento da espécie de ausência que tinha de si em si mesma. Se fosse criatura que se exprimisse diria: o mundo é fora de mim, eu sou fora de mim. (Vai ser difícil escrever esta história. Apesar de eu não ter nada a ver com a moça, terei que me escrever todo através dela por entre espantos meus. Os fatos são sonoros mas entre os fatos há um sussurro. É o sussurro o que me impressiona.)

Faltava-lhe o jeito de se ajeitar. Tanto que (explosão) nada argumentou em seu próprio favor quando o chefe da firma de representante de roldanas avisou-lhe com brutalidade (brutalidade essa que ela parecia provocar com sua cara de tola, rosto que pedia tapa), com brutalidade que só ia manter no emprego Glória, sua colega, porque quanto a ela, errava demais na datilografia, além de sujar invariavelmente o papel. Isso disse ele. Quanto à moça, achou que se deve por respeito responder alguma coisa e falou cerimoniosa a seu escondidamente amado chefe:

– Me desculpe o aborrecimento.

O Senhor Raimundo Silveira – que a essa altura já lhe havia virado as costas – voltou-se um pouco surpreendido com a inesperada delicadeza e alguma coisa na cara quase sorridente da datilógrafa o fez dizer com menos grosseria na voz, embora a contragosto:

– Bem, a despedida pode não ser para já, é capaz até de demorar um pouco.

Depois de receber o aviso foi ao banheiro para ficar sozinha porque estava toda atordoada. Olhou-se maquinalmente ao espelho que encimava a pia imunda e rachada, cheia de cabelos, o que tanto combinava com sua vida. Pareceu-lhe que o espelho baço e escurecido não refletia imagem alguma. Sumira por acaso a sua existência física? Logo depois passou a ilusão e enxergou a cara toda deformada pelo espelho ordinário, o nariz tornado enorme como o de um palhaço de nariz de papelão. Olhou-se e levemente pensou: tão jovem e já com ferrugem.

(Há os que têm. E há os que não têm. É muito simples: a moça não tinha. Não tinha o quê? É apenas isso mesmo: não tinha. Se der para me entenderem, está bem. Se não, também está bem. Mas por que trato dessa moça quando o que mais desejo é trigo puramente maduro e ouro no estio?)

Quando era pequena sua tia para castigá-la com o medo dissera-lhe que homem-vampiro – aquele que chupa sangue da pessoa mordendo-lhe o tenro da garganta – não tinha reflexo no espelho. Até que não seria de todo ruim ser vampiro pois bem que lhe iria algum rosado de sangue no amarelado do rosto, ela que não parecia ter sangue a menos que viesse um dia a derramá-lo.

A moça tinha ombros curvos como os de uma cerzideira. Aprendera em pequena a cerzir. Ela se realizaria muito mais se se desse ao delicado labor de restaurar fios, quem sabe se de seda. Ou de luxo: cetim bem brilhoso, um beijo de almas. Cerzideirinha mosquito. Carregar em costas de formiga um grão de açúcar. Ela era de leve como uma idiota, só que não o era. Não sabia que era infeliz. É porque ela acreditava. Em quê? Em vós, mas não é preciso acreditar em alguém ou em alguma coisa – basta acreditar. Isso lhe dava às vezes estado de graça. Nunca perdera a fé.

(Ela me incomoda tanto que fiquei oco. Estou oco desta moça. E ela tanto mais me incomoda quanto menos reclama. Estou com raiva. Uma cólera de derrubar copos e pratos e quebrar vidraças. Como me vingar? Ou melhor, como me compensar? Já sei: amando meu cão que tem mais comida do que a moça. Por que ela não reage? Cadê um pouco de fibra? Não, ela é doce e obediente.)

Viu ainda dois olhos enormes, redondos, saltados e interrogativos – tinha olhar de quem tem uma asa ferida – distúrbio talvez da tiroide, olhos que perguntavam. A quem interrogava ela? A Deus? Ela não pensava em Deus, Deus não pensava nela. Deus é de quem conseguir pegá-lo. Na distração aparece Deus. Não fazia perguntas. Adivinhava que não há respostas. Era lá tola de perguntar? E de receber um "não" na cara? Talvez a pergunta vazia fosse apenas para que um dia alguém não viesse a dizer que ela nem ao menos havia perguntado. Por falta de quem lhe respondesse ela mesma parecia se ter respondido: é assim porque é assim. Existe no mundo outra resposta? Se alguém sabe de uma melhor, que se apresente e a diga, estou há anos esperando.

Enquanto isso as nuvens são brancas e o céu é todo azul. Para que tanto Deus. Por que não um pouco para os homens.

Ela nascera com maus antecedentes e agora parecia uma filha de um não sei o quê com ar de se desculpar por ocupar espaço. No espelho distraidamente examinou de perto as manchas no rosto. Em Alagoas chamavam-se "panos", diziam que vinham do fígado. Disfarçava os panos com grossa camada de pó branco e se ficava meio caiada era melhor que o pardacento. Ela toda era um pouco encardida pois raramente se lavava. De dia usava saia e blusa, de noite dormia de combinação. Uma colega de quarto não sabia como avisar-lhe que seu cheiro era murrinhento. E como não sabia, ficou por isso mesmo, pois tinha medo de ofendê-la. Nada nela era iridescente, embora a pele do rosto entre as manchas tivesse um leve brilho de opala. Mas não importava. Ninguém olhava para ela na rua, ela era café frio.

E assim se passava o tempo para a moça esta. Assoava o nariz na barra da combinação. Não tinha aquela coisa delicada que se chama encanto. Só eu a vejo encantadora. Só eu, seu autor, a amo. Sofro por ela. E só eu é que posso dizer assim: "que é que você me pede chorando que eu não lhe dê cantando"? Essa moça não sabia que ela era o que era, assim como um cachorro não sabe que é cachorro. Daí não se sentir infeliz. A única coisa que queria era viver. Não sabia para quê, não se indagava. Quem sabe, achava que havia uma gloriazinha em viver. Ela pensava que a pessoa é obrigada a ser feliz. Então era. Antes de nascer ela era uma ideia? Antes de nascer ela era morta? E depois de nascer ela ia morrer? Mas que fina talhada de melancia.

Há poucos fatos a narrar e eu mesmo não sei ainda o que estou denunciando.

Agora (explosão) em rapidíssimos traços desenharei a vida pregressa da moça até o momento do espelho do banheiro.

Nascera inteiramente raquítica, herança do sertão – os maus antecedentes de que falei. Com dois anos de idade lhe haviam morrido os pais de febres ruins no sertão de Alagoas, lá onde o diabo perdera as botas. Muito depois fora para Maceió com a tia beata, única parenta sua no mundo. Uma outra vez se lembrava de coisa esquecida. Por exemplo a tia lhe dando cascudos no alto da cabeça porque o cocuruto de uma cabeça devia ser, imaginava a tia, um ponto vital. Dava-lhe sempre com os nós dos dedos na cabeça de ossos fracos por falta de cálcio. Batia mas não era somente porque ao bater gozava de grande prazer sensual – a tia que não se casara por nojo – é que também considerava de dever seu evitar que a menina viesse um dia a ser uma dessas moças que em Maceió ficavam nas ruas de cigarro aceso esperando homem. Embora a menina não tivesse dado mostras de no futuro vir a ser vagabunda de rua. Pois até mesmo o fato de vir a ser uma mulher não parecia pertencer à sua vocação. A mulherice só lhe nasceria tarde porque até no capim vagabundo há desejo de sol. As pancadas ela esquecia pois esperando-se um pouco a dor termina por passar. Mas o que doía mais era ser privada da sobremesa de todos os dias: goiabada com queijo, a única paixão na sua vida. Pois não era que esse castigo se tornara o predileto da tia sabida? A menina não perguntava por que era sempre castigada mas nem tudo se precisa saber e não saber fazia parte importante de sua vida.

Esse não-saber pode parecer ruim mas não é tanto porque ela sabia muita coisa assim como ninguém ensina cachorro a abanar o rabo e nem a pessoa a sentir fome; nasce-se e fica-se logo sabendo. Assim como ninguém lhe ensinaria um dia a morrer: na certa morreria um dia como se antes tivesse estudado de cor a representação do papel de estrela. Pois na hora da morte a pessoa se torna brilhante estrela de cinema, é o instante de glória de cada um e é quando como no canto coral se ouvem agudos sibilantes.

Quando era pequena tivera vontade intensa de criar um bicho. Mas a tia achava que ter um bicho era mais uma boca para comer. Então a menina inventou que só lhe cabia criar pulgas pois não merecia o amor de um cão. Do contato com a tia ficara-lhe a cabeça baixa. Mas a sua beatice não lhe pegara: morta a tia, ela nunca mais fora a uma igreja porque não sentia nada e as divindades lhe eram estranhas.

Pois que vida é assim: aperta-se o botão e a vida acende. Só que ela não sabia qual era o botão de acender. Nem se dava conta de que vivia numa sociedade técnica onde ela era um parafuso dispensável. Mas uma coisa descobriu inquieta: já não sabia mais ter tido pai e mãe, tinha esquecido o sabor. E, se pensava melhor, dir-se-ia que havia brotado da terra do sertão em cogumelo logo mofado. Ela falava, sim, mas era extremamente muda. Uma palavra dela eu às vezes consigo mas ela me foge por entre os dedos.

Apesar da morte da tia, tinha certeza de que com ela ia ser diferente, pois nunca ia morrer. (É paixão minha ser o outro. No caso a outra. Estremeço esquálido igual a ela.)

O definível está me cansando um pouco. Prefiro a verdade que há no prenúncio. Quando eu me livrar dessa história, voltarei ao domínio mais irresponsável de apenas ter leves prenúncios. Eu não inventei essa moça. Ela forçou dentro de mim a sua existência. Ela não era nem de longe débil mental, era à mercê e crente como uma idiota. A moça que pelo menos comida não mendigava, havia toda uma subclasse de gente mais perdida e com fome. Só eu a amo.

Depois – ignora-se por quê – tinham vindo para o Rio, o inacreditável Rio de Janeiro, a tia lhe arranjara emprego, finalmente morrera e ela, agora sozinha, morava numa vaga de quarto compartilhado com mais quatro moças balconistas das Lojas Americanas.

O quarto ficava num velho sobrado colonial da áspera rua do Acre entre as prostitutas que serviam a marinheiros, depósitos de carvão e de cimento em pó, não longe do cais do porto. O cais imundo dava-lhe saudade do futuro. (O que é que há? Pois estou como que ouvindo acordes de piano alegre – será isto o símbolo de que a vida da moça iria ter um futuro esplendoroso? Estou contente com essa possibilidade e farei tudo para que esta se torne real.)

Rua do Acre. Mas que lugar. Os gordos ratos da rua do Acre. Lá é que não piso pois tenho terror sem nenhuma vergonha do pardo pedaço de vida imunda.

Uma vez por outra tinha a sorte de ouvir de madrugada um galo cantar a vida e ela se lembrava nostálgica do sertão. Onde caberia um galo a cocoricar naquelas paragens ressequidas de artigos por atacado de exportação e importação? (Se o leitor possui alguma riqueza e vida bem acomodada, sairá de si para ver como é às vezes o outro. Se é pobre, não estará me lendo porque ler-me é supérfluo para quem tem uma leve fome permanente. Faço aqui o papel de vossa válvula de escape e da vida massacrante da média burguesia. Bem sei que é assustador sair de si mesmo, mas tudo o que é novo assusta. Embora a moça anônima da história seja tão antiga que podia ser uma figura bíblica. Ela era subterrânea e nunca tinha tido floração. Minto: ela era capim.)

Dos verões sufocantes da abafada rua do Acre ela só sentia o suor, um suor que cheirava mal. Esse suor me parece de má origem. Não sei se estava tuberculosa, acho que não. No escuro da noite um homem assobiando e passos pesados, o uivo do vira-lata abandonado. Enquanto isso – as constelações silenciosas e o espaço que é tempo que nada tem a ver com ela e conosco. Pois assim se passavam os dias. O cantar de galo na aurora sanguinolenta dava um sentido fresco à sua vida murcha. Havia de madrugada uma passarinhada buliçosa na rua do Acre: é que a vida brotava no chão, alegre por entre pedras.

Rua do Acre para morar, rua do Lavradio para trabalhar, cais do porto para ir espiar no domingo, um ou outro prolongado apito de navio cargueiro que não se sabe por que dava aperto no coração, um ou outro delicioso embora um pouco doloroso cantar de galo. Era do nunca que vinha o galo. Vinha do infinito até a sua cama, dando-lhe gratidão. Sono superficial porque estava há quase um ano resfriada. Tinha acesso de tosse seca de madrugada: abafava-a com o travesseiro ralo. Mas as companheiras de quarto – Maria da Penha, Maria Aparecida, Maria José e Maria apenas – não se incomodavam. Estavam cansadas demais pelo trabalho que nem por ser anônimo era menos árduo. Uma vendia pó de arroz Coty, mas que ideia. Elas viravam para o outro lado e readormeciam. A tosse da outra até que as embalava em sono mais profundo. O céu é para baixo ou para cima? Pensava a nordestina. Deitada, não sabia. Às vezes antes de dormir sentia fome e ficava meio alucinada pensando em coxa de vaca. O remédio então era mastigar papel bem mastigadinho e engolir.

É. Eu me acostumo mas não amanso. Por Deus! eu me dou melhor com os bichos do que com gente. Quando vejo o meu cavalo livre e solto no prado – tenho vontade de encostar meu rosto no seu vigoroso e aveludado pescoço e contar-lhe a minha vida. E quando acaricio a cabeça de meu cão – sei que ele não exige que eu faça sentido ou me explique.

Talvez a nordestina já tivesse chegado à conclusão de que vida incomoda bastante, alma que não cabe bem no corpo, mesmo alma rala como a sua. Imaginavazinha, toda supersticiosa, que se por acaso viesse alguma vez a sentir um gosto bem bom de viver – se desencantaria de súbito de princesa que era e se transformaria em bicho rasteiro. Porque, por pior que fosse sua situação, não queria ser privada de si, ela queria ser ela mesma. Achava que cairia em grave castigo e até risco de morrer se tivesse gosto. Então defendia-se da morte por intermédio de um viver de menos, gastando pouco de sua vida para esta não acabar. Essa economia lhe dava alguma segurança pois, quem cai, do chão não passa. Teria ela a sensação de que vivia para nada? Nem posso saber, mas acho que não. Só uma vez se fez uma trágica pergunta: quem sou eu? Assustou-se tanto que parou completamente de pensar. Mas eu, que não chego a ser ela, sinto que vivo para nada. Sou gratuito e pago as contas de luz, gás e telefone. Quanto a ela, até mesmo de vez em quando ao receber o salário comprava uma rosa.

Tudo isso acontece no ano este que passa e só acabarei esta história difícil quando eu ficar exausto da luta, não sou um desertor.

Às vezes lembrava-se de uma assustadora canção desafinada de meninas brincando de roda de mãos dadas – ela só ouvia sem participar porque a tia a queria para varrer o chão. As meninas de cabelos ondulados com laço de fita cor-de-rosa. "Quero uma de vossas filhas de marré-marré-deci." "Escolhei a qual quiser de marré." A música era um fantasma pálido como uma rosa que é louca de beleza mas mortal: pálida e mortal a moça era hoje o fantasma suave e terrificante de uma infância sem bola nem boneca. Então costumava fingir que corria pelos corredores de boneca na mão atrás de uma bola e rindo muito. A gargalhada era aterrorizadora porque acontecia no passado e só a imaginação maléfica a trazia para o presente, saudade do que poderia ter sido e não foi. (Eu bem avisei que era literatura de cordel, embora eu me recuse a ter qualquer piedade.)

Devo dizer que essa moça não tem consciência de mim, se tivesse teria para quem rezar e seria a salvação. Mas eu tenho plena consciência dela: através dessa jovem dou o meu grito de horror à vida. À vida que tanto amo.

Volto à moça: o luxo que se dava era tomar um gole frio de café antes de dormir. Pagava o luxo tendo azia ao acordar.

Ela era calada (por não ter o que dizer) mas gostava de ruídos. Eram vida. Enquanto o silêncio da noite assustava: parecia que estava prestes a dizer uma palavra fatal. Durante a noite na rua do Acre era raro passar um carro, quanto mais buzinassem, melhor para ela. Além desses medos, como se não bastassem, tinha medo grande de pegar doença ruim lá embaixo dela – isso, a tia lhe ensinara. Embora os seus pequenos óvulos tão murchos. Tão, tão. Mas vivia em tanta mesmice que de noite não se lembrava do que acontecera de manhã. Vagamente pensava de muito longe e sem palavras o seguinte: já que sou, o jeito é ser. Os galos de que falei avisavam mais um repetido dia de cansaço. Cantavam o cansaço. E as galinhas, que faziam elas? Indagava-se a moça. Os galos pelo menos cantavam. Por falar em galinha, a moça às vezes comia num botequim um ovo duro. Mas a tia lhe ensinara que comer ovo fazia mal para o fígado. Sendo assim, obedientemente adoecia, sentindo dores do lado esquerdo oposto ao fígado. Pois era muito impressionável e acreditava em tudo o que existia e no que não existia também. Mas não sabia enfeitar a realidade. Para ela a realidade era demais para ser acreditada. Aliás a palavra "realidade" não lhe dizia nada. Nem a mim, por Deus.

Quando dormia quase que sonhava que a tia lhe batia na cabeça. Ou sonhava estranhamente em sexo, ela que de aparência era assexuada. Quando acordava se sentia culpada sem saber por quê, talvez porque o que é bom devia ser proibido. Culpada e contente. Por via das dúvidas se sentia de propósito culpada e rezava mecanicamente três ave-marias, amém, amém, amém. Rezava mas sem Deus, ela não sabia quem era Ele e portanto Ele não existia.

Acabo de descobrir que para ela, fora Deus, também a realidade era muito pouco. Dava-se melhor com um irreal cotidiano, vivia em câmara leeeenta, lebre puuuuulando no aaaar sobre os ooooouteiros, o vago era o seu mundo terrestre, o vago era o de dentro da natureza.

E achava bom ficar triste. Não desesperada, pois isso nunca ficara já que era tão modesta e simples mas aquela coisa indefinível como se ela fosse romântica. Claro que era neurótica, não há sequer necessidade de dizer. Era uma neurose que a sustentava, meu Deus, pelo menos isso: muletas. Vez por outra ia para a Zona Sul e ficava olhando as vitrines faiscantes de joias e roupas acetinadas – só para se mortificar um pouco. É que ela sentia falta de encontrar-se consigo mesma e sofrer um pouco é um encontro.

Domingo ela acordava mais cedo para ficar mais tempo sem fazer nada.

O pior momento de sua vida era nesse dia ao fim da tarde: caía em meditação inquieta, o vazio do seco domingo. Suspirava. Tinha saudade de quando era pequena – farofa seca – e pensava que fora feliz. Na verdade por pior a infância é sempre encantada, que susto. Nunca se queixava de nada, sabia que as coisas são assim mesmo e – quem organizou a terra dos homens? Na certa mereceria um dia o céu dos oblíquos onde só entra quem é torto. Aliás não é entrar no céu, é oblíquo na terra mesmo. Juro que nada posso fazer por ela. Afianço-vos que se eu pudesse melhoraria as coisas. Eu bem sei que dizer que a datilógrafa tem o corpo cariado é um dizer de brutalidade pior que qualquer palavrão.

(Quanto a escrever, mais vale um cachorro vivo.)

Devo registrar aqui uma alegria. É que a moça num aflitivo domingo sem farofa teve uma inesperada felicidade que era inexplicável: no cais do porto viu um arco-íris. Experimentando o leve êxtase, ambicionou logo outro: queria ver, como uma vez em Maceió, espocarem mudos fogos de artifício. Ela quis mais porque é mesmo uma verdade que quando se dá a mão, essa gentinha quer todo o resto, o zé-povinho sonha com fome de tudo. E quer mas sem direito algum, pois não é? Não havia meio – pelo menos eu não posso – de obter os multiplicantes brilhos em chuva chuvisco dos fogos de artifício.

Devo dizer que ela era doida por soldado? Pois era. Quando via um, pensava com estremecimento de prazer: será que ele vai me matar?

Se a moça soubesse que minha alegria também vem de minha mais profunda tristeza e que tristeza era uma alegria falhada. Sim, ela era alegrezinha dentro de sua neurose. Neurose de guerra.

E tinha um luxo, além de uma vez por mês ir ao cinema: pintava de vermelho grosseiramente escarlate as unhas das mãos. Mas como as roía quase até o sabugo, o vermelho berrante era logo desgastado e via-se o sujo preto por baixo.

E quando acordava? Quando acordava não sabia mais quem era. Só depois é que pensava com satisfação: sou datilógrafa e virgem, e gosto de coca-cola. Só então vestia-se de si mesma, passava o resto do dia representando com obediência o papel de ser.

Será que eu enriqueceria este relato se usasse alguns difíceis termos técnicos? Mas aí que está: esta história não tem nenhuma técnica, nem de estilo, ela é ao deus-dará. Eu que também não mancharia por nada deste mundo com palavras brilhantes e falsas uma vida parca como a da datilógrafa. Durante o dia eu faço, como todos, gestos despercebidos por mim mesmo. Pois um dos gestos mais despercebido é esta história de que não tenho culpa e que sai como sair. A datilógrafa vivia numa espécie de atordoado nimbo, entre céu e inferno. Nunca pensara em "eu sou eu". Acho que julgava não ter direito, ela era um acaso. Um feto jogado na lata de lixo embrulhado em um jornal. Há milhares como ela? Sim, e que são apenas um acaso. Pensando bem: quem não é um acaso na vida? Quanto a mim, só me livro de ser apenas um acaso porque escrevo, o que é um ato que é um fato. É quando entro em contato com forças interiores minhas, encontro através de mim o vosso Deus. Para que escrevo? E eu sei? Sei não. Sim, é verdade, às vezes também penso que eu não sou eu, pareço pertencer a uma galáxia longínqua de tão estranho que sou de mim. Sou eu? Espanto-me com o meu encontro.

A nordestina não acreditava na morte, como eu já disse, pensava que não – pois não é que estava viva? Esquecera os nomes da mãe e do pai, nunca mencionados pela tia. (Com excesso de desenvoltura estou usando a palavra escrita e isso estremece em mim que fico com medo de me afastar da Ordem e cair no abismo povoado de gritos: o Inferno da liberdade. Mas continuarei.)

Continuando:

Todas as madrugadas ligava o rádio emprestado por uma colega de moradia, Maria da Penha, ligava bem baixinho para não acordar as outras, ligava invariavelmente para a Rádio Relógio, que dava "hora certa e cultura", e nenhuma música, só pingava em som de gotas que caem – cada gota de minuto que passava. E sobretudo esse canal de rádio aproveitava intervalos entre as tais gotas de minuto para dar anúncios comerciais – ela adorava anúncios. Era rádio perfeita pois também entre os pingos do tempo dava curtos ensinamentos dos quais talvez algum dia viesse precisar saber. Foi assim que aprendeu que o Imperador Carlos Magno era na terra dele chamado Carolus. Verdade que nunca achara modo de aplicar essa informação. Mas nunca se sabe, quem espera sempre alcança. Ouvira também a informação de que o único animal que não cruza com filho era o cavalo.

– Isso, moço, é indecência, disse ela para o rádio.

Outra vez ouvira: "Arrepende-te em Cristo e Ele te dará felicidade." Então ela se arrependera. Como não sabia bem de quê, arrependia-se toda e de tudo. O pastor também falava que a vingança é coisa infernal. Então ela não se vingava.

Sim, quem espera sempre alcança. É?

Tinha o que se chama de vida interior e não sabia que tinha. Vivia de si mesma como se comesse as próprias entranhas. Quando ia ao trabalho parecia uma doida mansa porque ao correr do ônibus devaneava em altos e deslumbrantes sonhos. Estes sonhos, de tanta interioridade, eram vazios porque lhes faltava o núcleo essencial de uma prévia experiência de – de êxtase, digamos. A maior parte do tempo tinha sem o saber o vazio que enche a alma dos santos. Ela era santa? Ao que parece. Não sabia que meditava pois não sabia o que queria dizer a palavra. Mas parece-me que sua vida era uma longa meditação sobre o nada. Só que precisava dos outros para crer em si mesma, senão se perderia nos sucessivos e redondos vácuos que havia nela. Meditava enquanto batia à máquina e por isso errava ainda mais.

Mas tinha prazeres. Nas frígidas noites, ela, toda estremecente sob o lençol de brim, costumava ler à luz de vela os anúncios que recortava dos jornais velhos do escritório. É que fazia coleção de anúncios. Colava-os no álbum. Havia um anúncio, o mais precioso, que mostrava em cores o pote aberto de um creme para pele de mulheres que simplesmente não eram ela. Executando o fatal cacoete que pegara de piscar os olhos, ficava só imaginando com delícia: o creme era tão apetitoso que se tivesse dinheiro para comprá-lo não seria boba. Que pele, que nada, ela o comeria, isso sim, às colheradas no pote mesmo. É que lhe faltava gordura e seu organismo estava seco que nem saco meio vazio de torrada esfarelada. Tornara-se com o tempo apenas matéria vivente em sua forma primária. Talvez fosse assim para se defender da grande tentação de ser infeliz de uma vez e ter pena de si. (Quando penso que eu podia ter nascido ela – e por que não? – estremeço. E parece-me covarde fuga de eu não ser, sinto culpa como disse num dos títulos.)

Em todo caso o futuro parecia vir a ser muito melhor. Pelo menos o futuro tinha a vantagem de não ser o presente, sempre há um melhor para o ruim. Mas não havia nela miséria humana. É que tinha em si mesma uma certa flor fresca. Pois, por estranho que pareça, ela acreditava. Era apenas fina matéria orgânica. Existia. Só isto. E eu? De mim só se sabe que respiro.

Embora só tivesse nela a pequena flama indispensável: um sopro de vida. (Estou passando por um pequeno inferno com esta história. Queiram os deuses que eu nunca descreva o lázaro porque senão eu me cobriria de lepra.) (Se estou demorando um pouco em fazer acontecer o que já prevejo vagamente, é porque preciso tirar vários retratos dessa alagoana. E também porque se houver algum leitor para essa história quero que ele se embeba da jovem assim como um pano de chão todo encharcado. A moça é uma verdade da qual eu não queria saber. Não sei a quem acusar mas deve haver um réu.)

Será que entrando na semente de sua vida estarei como que violando o segredo dos faraós? Terei castigo de morte por falar de uma vida que contém como todas as nossas vidas um segredo inviolável? Estou procurando danadamente achar nessa existência pelo menos um topázio de esplendor. Até o fim talvez o deslumbre, ainda não sei, mas tenho esperança.

Esqueci de dizer que às vezes a datilógrafa tinha enjoo para comer. Isso vinha desde pequena quando soubera que havia comido gato frito. Assustou-se para sempre. Perdeu o apetite, só tinha a grande fome. Parecia-lhe que havia cometido um crime e que comera um anjo frito, as asas estalando entre os dentes. Ela acreditava em anjo e, porque acreditava, eles existiam.

Nunca havia jantado ou almoçado num restaurante. Era de pé mesmo no botequim da esquina. Tinha uma vaga ideia que mulher que entra em restaurante é francesa e desfrutável.

Havia coisas que não sabia o que significavam. Uma era "efeméride". E não é que Seu Raimundo só mandava copiar com sua letra linda a palavra efemérides ou efeméricas? Achava o termo efemírides absolutamente misterioso. Quando o copiava prestava atenção a cada letra. Glória era estenógrafa e não só ganhava mais como não parecia se atrapalhar com as palavras difíceis das quais o chefe tanto gostava. Enquanto isso a mocinha se apaixonara pela palavra efemérides.

Outro retrato: nunca recebera presentes. Aliás não precisava de muita coisa. Mas um dia viu algo que por um leve instante cobiçou: um livro que Seu Raimundo, dado a literatura, deixara sobre a mesa. O título era *Humilhados e ofendidos*. Ficou pensativa. Talvez tivesse pela primeira vez se definido numa classe social. Pensou, pensou e pensou! Chegou à conclusão que na verdade ninguém jamais a ofendera, tudo que acontecia era porque as coisas são assim mesmo e não havia luta possível, para que lutar?

Pergunto eu: conheceria ela algum dia do amor o seu adeus? Conheceria algum dia do amor os seus desmaios? Teria a seu modo o doce voo? De nada sei. Que se há de fazer com a verdade de que todo mundo é um pouco triste e um pouco só. A nordestina se perdia na multidão. Na praça Mauá onde tomava o ônibus fazia frio e nenhum agasalho havia contra o vento. Ah mas existiam os navios cargueiros que lhe davam saudades quem sabe de quê. Isso só às vezes. Na verdade saía do escritório sombrio, defrontava o ar lá de fora, crepuscular, e constatava então que todos os dias à mesma hora fazia exatamente a mesma hora. Irremediável era o grande relógio que funcionava no tempo. Sim, desesperadamente para mim, as mesmas horas. Bem, e daí? Daí, nada. Quanto a mim, autor de uma vida, me dou mal com a repetição: a rotina me afasta de minhas possíveis novidades.

Por falar em novidades, a moça um dia viu num botequim um homem tão, tão, tão bonito que – que queria tê-lo em casa. Deveria ser como – como ter uma grande esmeralda-esmeralda-esmeralda num estojo aberto. Intocável. Pela aliança viu que ele era casado. Como casar com-com-com um ser que era para-para-para ser visto, gaguejava ela no seu pensamento. Morreria de vergonha de comer na frente dele porque ele era bonito além do possível equilíbrio de uma pessoa.

Pois não é que quis descansar as costas por um dia? Sabia que se falasse isso ao chefe ele não acreditaria que lhe doíam as costelas. Então valeu-se de uma mentira que convence mais que a verdade: disse ao chefe que no dia seguinte não poderia trabalhar porque arrancar um dente era muito perigoso. E a mentira pegou. Às vezes só a mentira salva. Então, no dia seguinte, quando as quatro Marias cansadas foram trabalhar, ela teve pela primeira vez na vida uma coisa a mais preciosa: a solidão. Tinha um quarto só para ela. Mal acreditava que usufruía o espaço. E nem uma palavra era ouvida. Então dançou num ato de absoluta coragem, pois a tia não a entenderia. Dançava e rodopiava porque ao estar sozinha se tornava: l-i-v-r-e! Usufruía de tudo, da arduamente conseguida solidão, do rádio de pilha tocando o mais alto possível, da vastidão do quarto sem as Marias. Arrumou, como pedido de favor, um pouco de café solúvel com a dona dos quartos, e, ainda como favor, pediu-lhe água fervendo, tomou tudo se lambendo e diante do espelho para nada perder de si mesma. Encontrar-se consigo própria era um bem que ela até então não conhecia. Acho que nunca fui tão contente na vida, pensou. Não devia nada a ninguém e ninguém lhe devia nada. Até deu-se ao luxo de ter tédio – um tédio até muito distinto.

Desconfio um pouco de sua facilidade inesperada de pedir favor. Então precisava ela de condições especiais para ter encanto? Por que não agia sempre assim na vida? E até ver-se no espelho não foi tão assustador: estava contente mas como doía.

– Ah mês de maio, não me largues nunca mais! (Explosão), foi a sua íntima exclamação no dia seguinte, 7 de maio, ela que nunca exclamava. Provavelmente porque alguma coisa finalmente lhe era dada. Dada por si mesma, mas dada.

Nesta manhã de dia 7, o êxtase inesperado para o seu tamanho pequeno corpo. A luz aberta e rebrilhante das ruas atravessava a sua opacidade. Maio, mês dos véus de noiva flutuando em branco.

O que se segue é apenas uma tentativa de reproduzir três páginas que escrevi e que a minha cozinheira, vendo-as soltas, jogou no lixo para o meu desespero – que os mortos me ajudem a suportar o quase insuportável, já que de nada me valem os vivos. Nem de longe consegui igualar a tentativa de repetição artificial do que originalmente eu escrevi sobre o encontro com o seu futuro namorado. É com humildade que contarei agora a história da história. Portanto se me perguntarem como foi direi: não sei, perdi o encontro.

Maio, mês das borboletas noivas flutuando em brancos véus. Sua exclamação talvez tivesse sido um prenúncio do que ia acontecer no final da tarde desse mesmo dia: no meio da chuva abundante encontrou (explosão) a primeira espécie de namorado de sua vida, o coração batendo como se ela tivesse englutido um passarinho esvoaçante e preso. O rapaz e ela se olharam por entre a chuva e se reconheceram como dois nordestinos, bichos da mesma espécie que se farejam. Ele a olhara enxugando o rosto molhado com as mãos. E a moça, bastou-lhe vê-lo para torná-lo imediatamente sua goiabada com queijo.

Ele...

Ele se aproximou e, com voz cantante de nordestino que a emocionou, perguntou-lhe:

– E se me desculpe, senhorinha, posso convidar a passear?

– Sim, respondeu atabalhoadamente com pressa antes que ele mudasse de ideia.

– E, se me permite, qual é mesmo a sua graça?

– Macabéa.

– Maca, o quê?

– Béa, foi ela obrigada a completar.

– Me desculpe mas até parece doença, doença de pele.

– Eu também acho esquisito mas minha mãe botou ele por promessa a Nossa Senhora da Boa Morte se eu vingasse, até um ano de idade eu não era chamada porque não tinha nome, eu preferia continuar a nunca ser chamada em vez de ter um nome que ninguém tem mas parece que deu certo. – Parou um instante retomando o fôlego perdido e acrescentou desanimada e com pudor: – Pois como o senhor vê eu vinguei... pois é...

– Também no sertão da Paraíba promessa é questão de grande dívida de honra.

Eles não sabiam como se passeia. Andaram sob a chuva grossa e pararam diante da vitrine de uma loja de ferragem onde estavam expostos atrás do vidro canos, latas, parafusos grandes e pregos. E Macabéa, com medo de que o silêncio já significasse uma ruptura, disse ao recém-namorado:

– Eu gosto tanto de parafuso e prego, e o senhor?

Da segunda vez em que se encontraram caía uma chuva fininha que ensopava os ossos. Sem nem ao menos se darem as mãos caminhavam na chuva que na cara de Macabéa parecia lágrimas escorrendo.

Da terceira vez em que se encontraram – pois não é que estava chovendo? – o rapaz, irritado e perdendo o leve verniz de finura que o padrasto a custo lhe ensinara, disse-lhe:

– Você também só sabe é mesmo chover!

– Desculpe.

Mas ela já o amava tanto que não sabia mais como se livrar dele, estava em desespero de amor.

Numa das vezes em que se encontraram ela afinal perguntou-lhe o nome.

– Olímpico de Jesus Moreira Chaves, mentiu ele porque tinha como sobrenome apenas o de Jesus, sobrenome dos que não têm pai. Fora criado por um padrasto que lhe ensinara o modo fino de tratar pessoas para se aproveitar delas e lhe ensinara como pegar mulher.

– Eu não entendo o seu nome, disse ela. Olímpico?

Macabéa fingia enorme curiosidade escondendo dele que ela nunca entendia tudo muito bem e que isso era assim mesmo. Mas ele, galinho de briga que era, arrepiou-se todo com a pergunta tola e que ele não sabia responder. Disse aborrecido:

– Eu sei mas não quero dizer!

– Não faz mal, não faz mal, não faz mal... a gente não precisa entender o nome.

Ela sabia o que era o desejo – embora não soubesse que sabia. Era assim: ficava faminta mas não de comida, era um gosto meio doloroso que subia do baixo-ventre e arrepiava o bico dos seios e os braços vazios sem abraço. Tornava-se toda dramática e viver doía. Ficava então meio nervosa e Glória lhe dava água com açúcar.





Olímpico de Jesus trabalhava de operário numa metalúrgica e ela nem notou que ele não se chamava de "operário" e sim de "metalúrgico". Macabéa ficava contente com a posição social dele porque também tinha orgulho de ser datilógrafa, embora ganhasse menos que o salário mínimo. Mas ela e Olímpico eram alguém no mundo. "Metalúrgico e datilógrafa" formavam um casal de classe. A tarefa de Olímpico tinha o gosto que se sente quando se fuma um cigarro acendendo-o do lado errado, na ponta da cortiça. O trabalho consistia em pegar barras de metal que vinham deslizando de cima da máquina para colocá-las embaixo, sobre uma placa deslizante. Nunca se perguntara por que colocava a barra embaixo. A vida não lhe era má e ele até economizava um pouco de dinheiro: dormia de graça numa guarita em obras de demolição por camaradagem do vigia.

Macabéa disse:

– As boas maneiras são a melhor herança.

– Pois para mim a melhor herança é mesmo muito dinheiro. Mas um dia vou ser muito rico, disse ele que tinha uma grandeza demoníaca: sua força sangrava.

Uma coisa que tinha vontade de ser era toureiro. Uma vez fora ao cinema e estremecera da cabeça aos pés quando vira a capa vermelha. Não tinha pena do touro. Gostava era de ver sangue.

No Nordeste tinha juntado salários e salários para arrancar um canino perfeito e trocá-lo por um dente de ouro faiscante. Este dente lhe dava posição na vida. Aliás, matar tinha feito dele homem com letra maiúscula. Olímpico não tinha vergonha, era o que se chamava no Nordeste de "cabra safado". Mas não sabia que era um artista: nas horas de folga esculpia figuras de santo e eram tão bonitas que ele não as vendia. Todos os detalhes ele punha e, sem faltar ao respeito, esculpia tudo do Menino Jesus. Ele achava que o que é, é mesmo, e Cristo tinha sido além de santo um homem como ele, embora sem dente de ouro.

Os negócios públicos interessavam Olímpico. Ele adorava ouvir discursos. Que tinha seus pensamentos, isso lá tinha. Acocorava-se com o cigarro barato nas mãos e pensava. Como na Paraíba ele se acocorava no chão, o traseiro sentado no zero, a meditar. Ele dizia alto e sozinho:

– Sou muito inteligente, ainda vou ser deputado.

E não é que ele dava para fazer discurso? Tinha o tom cantado e o palavreado seboso, próprio para quem abre a boca e fala pedindo e ordenando os direitos do homem No futuro, que eu não digo nesta história, não é que ele terminou mesmo deputado? E obrigando os outros a chamarem-no de doutor.

Macabéa era na verdade uma figura medieval enquanto Olímpico de Jesus se julgava peça-chave, dessas que abrem qualquer porta. Macabéa simplesmente não era técnica, ela era só ela. Não, não quero ter sentimentalismo e portanto vou cortar o coitado implícito dessa moça. Mas tenho que anotar que Macabéa nunca recebera uma carta em sua vida e o telefone do escritório só chamava o chefe e Glória. Ela uma vez pediu a Olímpico que lhe telefonasse. Ele disse:

– Telefonar para ouvir as tuas bobagens?

Quando Olímpico lhe dissera que terminaria deputado pelo Estado da Paraíba, ela ficou boquiaberta e pensou: quando nos casarmos então serei uma deputada? Não queria, pois deputada parecia nome feio. (Como eu disse, essa não é uma história de pensamentos. Depois provavelmente voltarei para as inominadas sensações, até sensações de Deus. Mas a história de Macabéa tem que sair senão eu estouro.)





As poucas conversas entre os namorados versavam sobre farinha, carne de sol, carne-seca, rapadura, melado. Pois esse era o passado de ambos e eles esqueciam o amargor da infância porque esta, já que passou, é sempre acre-doce e dá até nostalgia. Pareciam por demais irmãos, coisa que – só agora estou percebendo – não dá para casar. Mas eu não sei se eles sabiam disso. Casariam ou não? Ainda não sei, só sei que eram de algum modo inocentes e pouca sombra faziam no chão.

Não, menti, agora vi tudo: ele não era inocente coisa alguma, apesar de ser uma vítima geral do mundo. Tinha, descobri agora, dentro de si a dura semente do mal, gostava de se vingar, este era o seu grande prazer e o que lhe dava força de vida. Mais vida do que ela que não tinha anjo de guarda.

Enfim o que fosse acontecer, aconteceria. E por enquanto nada acontecia, os dois não sabiam inventar acontecimentos. Sentavam-se no que é de graça: banco de praça pública. E ali acomodados, nada os distinguia do resto do nada. Para a grande glória de Deus.

Ele: – Pois é.

Ela: – Pois é o quê?

Ele: – Eu só disse pois é!

Ela: – Mas "pois é" o quê?

Ele: – Melhor mudar de conversa porque você não me entende.

Ela: – Entender o quê?

Ele: – Santa Virgem, Macabéa, vamos mudar de assunto e já!

Ela: – Falar então de quê?

Ele: – Por exemplo, de você.

Ela: – Eu?!

Ele: – Por que esse espanto? Você não é gente? Gente fala de gente.

Ela: – Desculpe mas não acho que sou muito gente.

Ele: – Mas todo mundo é gente, Meu Deus!

Ela: – É que não me habituei.

Ele: – Não se habituou com quê?

Ela: – Ah, não sei explicar.

Ele: – E então?

Ela: – Então o quê?

Ele: – Olhe, eu vou embora porque você é impossível!

Ela: – É que só sei ser impossível, não sei mais nada. Que é que eu faço para conseguir ser possível?

Ele: – Pare de falar porque você só diz besteira! Diga o que é do teu agrado.

Ela: – Acho que não sei dizer.

Ele: – Não sabe o quê?

Ela: – Hein?

Ele: – Olhe, até estou suspirando de agonia. Vamos não falar em nada, está bem?

Ela: – Sim, está bem, como você quiser.

Ele: – É, você não tem solução. Quanto a mim, de tanto me chamarem, eu virei eu. No sertão da Paraíba não há quem não saiba quem é Olímpico. E um dia o mundo todo vai saber de mim.

– É?

– Pois se eu estou dizendo! Você não acredita?

– Acredito sim, acredito, acredito, não quero lhe ofender.

Em pequena ela vira uma casa pintada de rosa e branco com um quintal onde havia um poço com cacimba e tudo. Era bom olhar para dentro. Então seu ideal se transformara nisso: em vir a ter um poço só para ela. Mas não sabia como fazer e então perguntou a Olímpico:

– Você sabe se a gente pode comprar um buraco?

– Olhe, você não reparou até agora, não desconfiou que tudo que você pergunta não tem resposta?

Ela ficou de cabeça inclinada para o ombro assim como uma pomba fica triste.

Quando ele falava em ficar rico, uma vez ela lhe disse:

– Não será somente visão?

– Vá para o inferno, você só sabe desconfiar. Eu só não digo palavrões grossos porque você é moça-donzela.

– Cuidado com suas preocupações, dizem que dá ferida no estômago.

– Preocupações coisa nenhuma, pois eu sei no certo que vou vencer. Bem, e você tem preocupações?

– Não, não tenho nenhuma. Acho que não preciso vencer na vida.

Foi a única vez em que falou de si própria para Olímpico de Jesus. Estava habituada a se esquecer de si mesma. Nunca quebrava seus hábitos, tinha medo de inventar.

– Você sabia que na Rádio Relógio disseram que um homem escreveu um livro chamado *Alice no País das Maravilhas* e que era também um matemático? Falaram também em "élgebra". O que é que quer dizer "élgebra"?

– Saber disso é coisa de fresco, de homem que vira mulher. Desculpe a palavra de eu ter dito fresco porque isso é palavrão para moça direita.

– Nessa rádio eles dizem essa coisa de "cultura" e palavras difíceis, por exemplo: o que quer dizer "eletrônico"?

Silêncio.

– Eu sei mas não quero dizer.

– Eu gosto tanto de ouvir os pingos de minutos do tempo assim: tic-tac-tic-tac-tic-tac. A Rádio Relógio diz que dá a hora certa, cultura e anúncios. Que quer dizer cultura?

– Cultura é cultura, continuou ele emburrado. Você também vive me encostando na parede.

– É que muita coisa eu não entendo bem. O que quer dizer "renda per capita"?

– Ora, é fácil, é coisa de médico.

– O que quer dizer rua Conde de Bonfim? O que é conde? É príncipe?

– Conde é conde, ora essa. Eu não preciso de hora certa porque tenho relógio.

Não contou que o roubara no mictório da fábrica: o colega o tinha deixado na pia quando lavara as mãos. Ninguém soube, ele era um verdadeiro técnico em roubar: não usava o relógio de pulso no trabalho.

– Sabe o que mais eu aprendi? Eles disseram que se devia ter alegria de viver. Então eu tenho. Eu também ouvi uma música linda, eu até chorei.

– Era samba?

– Acho que era. E cantada por um homem chamado Caruso que se diz que já morreu. A voz era tão macia que até doía ouvir. A música chamava-se "Una Furtiva Lacrima". Não sei por que eles não disseram lágrima.

"Una Furtiva Lacrima" fora a única coisa belíssima na sua vida. Enxugando as próprias lágrimas tentou cantar o que ouvira. Mas a sua voz era crua e tão desafinada como ela mesma era. Quando ouviu começara a chorar. Era a primeira vez que chorava, não sabia que tinha tanta água nos olhos. Chorava, assoava o nariz sem saber mais por que chorava. Não chorava por causa da vida que levava: porque, não tendo conhecido outros modos de viver, aceitara que com ela era "assim". Mas também creio que chorava porque, através da música, adivinhava talvez que havia outros modos de sentir, havia existências mais delicadas e até com um certo luxo de alma. Muitas coisas sabia que não sabia entender. "Aristocracia" significaria por acaso uma graça concedida? Provavelmente. Se é assim, que assim seja. O mergulho na vastidão do mundo musical que não carecia de se entender. Seu coração disparara. E junto de Olímpico ficou de repente corajosa e arrojando-se no desconhecido de si mesma disse:

– Eu acho que até sei cantar essa música. Lá-lá-lá-lá-lá.

– Você até parece uma muda cantando. Voz de cana rachada.

– Deve ser porque é a primeira vez que canto na vida.

Ela achava que "lacrima" em vez de lágrima era erro do homem do rádio. Nunca lhe ocorrera a existência de outra língua e pensava que no Brasil se falava brasileiro. Além dos cargueiros do mar nos domingos, só tinha essa música. O substrato último da música era a sua única vibração.

E o namoro continuava ralo. Ele:

– Depois que minha santa mãe morreu, nada mais me prendia na Paraíba.

– De que é que ela morreu?

– De nada. Acabou-se a saúde dela.

Ele falava coisas grandes mas ela prestava atenção nas coisas insignificantes como ela própria. Assim registrou um portão enferrujado, retorcido, rangente e descascado que abria o caminho para uma série de casinhas iguais de vila. Vira isso do ônibus. A vila além do número 106 tinha uma plaqueta onde estava escrito o nome das casas. Chamava-se "Nascer do Sol". Bonito o nome que também augurava coisas boas.

Ela achava Olímpico muito sabedor das coisas. Ele dizia o que ela nunca tinha ouvido. Uma vez ele falou assim:

– A cara é mais importante do que o corpo porque a cara mostra o que a pessoa está sentindo. Você tem cara de quem comeu e não gostou, não aprecio cara triste, vê se muda – e disse uma palavra difícil – vê se muda de "expressão".

Ela disse consternada:

– Não sei como se faz outra cara. Mas é só na cara que sou triste porque por dentro eu sou até alegre. É tão bom viver, não é?

– Claro! Mas viver bem é coisa de privilegiado. Eu sou um e você me vê magro e pequeno mas sou forte, eu com um braço posso levantar você do chão. Quer ver?

– Não, não, os outros olham e vão maldar!

– Magricela esquisita ninguém olha.

E lá foram para a esquina. Macabéa estava muito feliz. Realmente ele a levantou para o ar, acima da própria cabeça. Ela disse eufórica:

– Deve ser assim viajar de avião.

É. Mas de repente ele não aguentou o peso num só braço e ela caiu de cara na lama, o nariz sangrando. Mas era delicada e foi logo dizendo:

– Não se incomode, foi uma queda pequena.

Como não tinha lenço para limpar a lama e o sangue, enxugou o rosto com a saia, dizendo:

– Você não olhe enquanto eu estiver me limpando, por favor, porque é proibido levantar a saia.

Mas ele emburrara de vez e não disse mais nenhuma palavra. Passou vários dias sem procurá-la: seu brio fora atingido.

Afinal terminou por voltar para ela. Por motivos diferentes entraram num açougue. Para ela o cheiro da carne crua era um perfume que a levitava toda como se tivesse comido. Quanto a ele, o que queria ver era o açougueiro e sua faca amolada. Tinha inveja do açougueiro e também queria ser. Meter a faca na carne o excitava. Ambos saíram do açougue satisfeitos. Embora ela se perguntasse: que gosto terá esta carne? E ele se perguntava: como é que uma pessoa consegue ser açougueiro? Qual era o segredo? (O pai de Glória trabalhava num açougue belíssimo.) Ela disse:

– Eu vou ter tanta saudade de mim quando morrer.

– Besteira, morre-se e morre-se de uma vez.

– Não foi o que minha tia me ensinou.

– Que tua tia se dane.

– Sabe o que eu mais queria na vida? Pois era ser artista de cinema. Só vou ao cinema no dia em que o chefe me paga. Eu escolho cinema poeira, sai mais barato. Adoro as artistas. Sabe que Marylin era toda cor-de-rosa?

– E você tem cor de suja. Nem tem rosto nem corpo para ser artista de cinema.

– Você acha mesmo?

– Tá na cara.

– Não gosto de ver sangue no cinema. Olhe, sangue eu não posso mesmo ver porque me dá vontade de vomitar.

– Vomitar ou chorar?

– Até hoje com a graça de Deus nunca vomitei.

– É, dessa vaca não sai leite.

Pensar era tão difícil, ela não sabia de que jeito se pensava. Mas Olímpico não só pensava como usava palavreado fino. Nunca esqueceria que no primeiro encontro ele a chamara de "senhorinha", ele fizera dela um alguém. Como era um alguém, até comprou um batom cor-de-rosa. O seu diálogo era sempre oco. Dava-se conta longinquamente de que nunca dissera uma palavra verdadeira. E "amor" ela não chamava de amor, chamava de não sei o quê.

– Olhe, Macabéa...

– Olhe o quê?

– Não, meu Deus, não é "olhe" de ver, é "olhe" como quando se quer que uma pessoa escute! Está me escutando?

– Tudinho, tudinho!

– Tudinho o quê, meu Deus, pois se eu ainda não falei! Pois olhe vou lhe pagar um cafezinho no botequim. Quer?

– Pode ser pingado com leite?

– Pode, é o mesmo preço, se for mais, o resto você paga.

Macabéa não dava nenhuma despesa a Olímpico. Só dessa vez quando lhe pagou um cafezinho pingado que ela encheu de açúcar quase a ponto de vomitar mas controlou-se para não fazer vergonha. O açúcar ela botou muito para aproveitar.

E uma vez os dois foram ao Jardim Zoológico, ela pagando a própria entrada. Teve muito espanto ao ver os bichos. Tinha medo e não os entendia: por que viviam? Mas quando viu a massa compacta, grossa, preta e roliça do rinoceronte que se movia em câmara lenta, teve tanto medo que se mijou toda. O rinoceronte lhe pareceu um erro de Deus, que me perdoe por favor, sim? Mas não pensara em Deus nenhum, era apenas um modo de. Com a graça de alguma divindade Olímpico nada percebeu e ela disse a ele:

– Estou molhada porque me sentei no banco molhado.

E ele nada percebeu. Ela rezou automaticamente em agradecimento. Não era agradecimento a Deus, só estava repetindo o que aprendera na infância.

– A girafa é tão elegante, não é?

– Besteira, bicho não é elegante.

Ela teve inveja da girafa que pairava tão longe no ar. Tendo visto que seus comentários sobre bichos não agradavam Olímpico, procurou outro assunto:

– Na Rádio Relógio disseram uma palavra que achei meio esquisita: mimetismo.

Olímpico olhou-a desconfiado:

– Isso é lá coisa para moça virgem falar? E para que serve saber demais? O Mangue está cheio de raparigas que fizeram perguntas demais.

– Mangue é um bairro?

– É lugar ruim, só pra homem ir. Você não vai entender mas eu vou lhe dizer uma coisa: ainda se encontra mulher barata. Você me custou pouco, um cafezinho. Não vou gastar mais nada com você, está bem?

Ela pensou: eu não mereço que ele me pague nada porque me mijei.

Depois da chuva do Jardim Zoológico, Olímpico não foi mais o mesmo: desembestara. E sem notar que ele próprio era de poucas palavras como convém a um homem sério, disse-lhe:

– Mas puxa vida! Você não abre o bico e nem tem assunto!

Então aflita ela lhe disse:

– Olhe, o Imperador Carlos Magno era chamado na terra dele de Carolus! E você sabia que a mosca voa tão depressa que se voasse em linha reta ela ia passar pelo mundo todo em 28 dias?

– Isso é mentira!

– Não é não, juro pela minha alma pura que aprendi isso na Rádio Relógio!

– Pois não acredito.

– Quero cair morta neste instante se estou mentindo. Quero que meu pai e minha mãe fiquem no inferno, se estou enganando você.

– Vai ver que cai mesmo morta. Escuta aqui: você está fingindo que é idiota ou é idiota mesmo?

– Não sei bem o que sou, me acho um pouco... de quê? ... Quer dizer não sei bem quem eu sou.

– Mas você sabe que se chama Macabéa, pelo menos isso?

– É verdade. Mas não sei o que está dentro do meu nome. Só sei que eu nunca fui importante...

– Pois fique sabendo que meu nome ainda será escrito nos jornais e sabido por todo o mundo.

Ela disse para Olímpico:

– Sabe que na minha rua tem um galo que canta?

– Por que é que você mente tanto?

– Juro, quero ver minha mãe cair morta se não é verdade!

– Mas sua mãe já não morreu?

– Ah, é mesmo... que coisa...

(Mas e eu? E eu que estou contando esta história que nunca me aconteceu e nem a ninguém que eu conheça? Fico abismado por saber tanto a verdade. Será que o meu ofício doloroso é o de adivinhar na carne a verdade que ninguém quer enxergar? Se sei quase tudo de Macabéa é que já peguei uma vez de relance o olhar de uma nordestina amarelada. Esse relance me deu ela de corpo inteiro. Quanto ao paraibano, na certa devo ter-lhe fotografado mentalmente a cara – e quando se presta atenção espontânea e virgem de imposições, quando se presta atenção a cara diz quase tudo.)

E agora apago-me de novo e volto para essas duas pessoas que por força das circunstâncias eram seres meio abstratos.

Mas ainda não expliquei bem Olímpico. Vinha do sertão da Paraíba e tinha uma resistência que provinha da paixão por sua terra braba e rachada pela seca. Trouxera consigo, comprada no mercado da Paraíba, uma lata de vaselina perfumada e um pente, como posse sua e exclusiva. Besuntava o cabelo preto até encharcá-lo. Não desconfiava que as cariocas tinham nojo daquela meladeira gordurosa. Nascera crestado e duro que nem galho seco de árvore ou pedra ao sol. Era mais passível de salvação que Macabéa pois não fora à toa que matara um homem, desafeto seu, nos cafundós do sertão, o canivete comprido entrando mole-mole no fígado macio do sertanejo. Guardava disso segredo absoluto, o que lhe dava a força que um segredo dá. Olímpico era macho de briga. Mas fraquejava em relação a enterros: às vezes ia três vezes por semana a enterro de desconhecidos, cujos anúncios saíam nos jornais e sobretudo no *O Dia*: e seus olhos ficavam cheios de lágrimas. Era uma fraqueza, mas quem não tem a sua. Semana em que não havia enterro, era semana vazia desse homem que, se era doido, sabia muito bem o que queria. De modo que não era doido coisa alguma. Macabéa, ao contrário de Olímpico, era fruto do cruzamento de "o quê" com "o quê". Na verdade ela parecia ter nascido de uma ideia vaga qualquer dos pais famintos. Olímpico pelo menos roubava sempre que podia e até do vigia das obras onde era sua dormida. Ter matado e roubar faziam com que ele não fosse um simples acontecido qualquer, davam-lhe uma categoria, faziam dele um homem com honra já lavada. Ele também se salvava mais do que Macabéa porque tinha grande talento para desenhar rapidamente perfeitas caricaturas ridículas dos retratos de poderosos nos jornais. Era a sua vingança. Sua única bondade com Macabéa foi dizer-lhe que arranjaria para ela emprego na metalúrgica quando fosse despedida. Para ela a promessa fora um escândalo de alegria (explosão) porque na metalúrgica encontraria a sua única conexão atual com o mundo: o próprio Olímpico. Mas Macabéa de um modo geral não se preocupava com o próprio futuro: ter futuro era luxo. Ouvira na Rádio Relógio que havia sete bilhões de pessoas no mundo. Ela se sentia perdida. Mas com a tendência que tinha para ser feliz logo se consolou: havia sete bilhões de pessoas para ajudá-la.

Macabéa gostava de filme de terror ou de musicais. Tinha predileção por mulher enforcada ou que levava um tiro no coração. Não sabia que ela própria era uma suicida embora nunca lhe tivesse ocorrido se matar. É que a vida lhe era tão insossa que nem pão velho sem manteiga. Enquanto Olímpico era um diabo premiado e vital e dele nasceriam filhos, ele tinha o precioso sêmen. E como já foi dito ou não foi dito Macabéa tinha ovários murchos como um cogumelo cozido. Ah pudesse eu pegar Macabéa, dar-lhe um bom banho, um prato de sopa quente, um beijo na testa enquanto a cobria com um cobertor. E fazer que quando ela acordasse encontrasse simplesmente o grande luxo de viver.

Olímpico na verdade não mostrava satisfação nenhuma em namorar Macabéa – é o que eu descubro agora. Olímpico talvez visse que Macabéa não tinha força de raça, era subproduto. Mas quando ele viu Glória, colega da Macabéa, sentiu logo que ela tinha classe.

Glória possuía no sangue um bom vinho português e também era amaneirada no bamboleio do caminhar por causa do sangue africano escondido. Apesar de branca, tinha em si a força da mulatice. Oxigenava em amarelo-ovo os cabelos crespos cujas raízes estavam sempre pretas. Mas mesmo oxigenada ela era loura, o que significava um degrau a mais para Olímpico. Além de ter uma grande vantagem que nordestino não podia desprezar. É que Glória lhe dissera, quando lhe fora apresentada por Macabéa: "sou carioca da gema!" Olímpico não entendeu o que significava "da gema" pois esta era uma gíria ainda do tempo de juventude do pai de Glória. O fato de ser carioca tornava-a pertencente ao ambicionado clã do sul do país. Vendo-a, ele logo adivinhou que, apesar de feia, Glória era bem alimentada. E isso fazia dela material de boa qualidade.

Enquanto isso o namoro com Macabéa entrara em rotina morna, se é que alguma vez haviam experimentado o quente. Muitas vezes ele não aparecia no ponto do ônibus. Mas pelo menos era um namorado. E Macabéa só pensava no dia em que ele quisesse ficar noivo. E casar.

Posteriormente, de pesquisa em pesquisa, ele soube que Glória tinha mãe, pai e comida quente em hora certa. Isso tornava-a material de primeira qualidade. Olímpico caiu em êxtase quando soube que o pai dela trabalhava num açougue.

Pelos quadris adivinhava-se que seria boa parideira. Enquanto Macabéa lhe pareceu ter em si mesma o seu próprio fim.

Esqueci de dizer que era realmente de se espantar que para corpo quase murcho de Macabéa tão vasto fosse o seu sopro de vida quase ilimitado e tão rico como o de uma donzela grávida, engravidada por si mesma, por partenogênese: tinha sonhos esquizoides nos quais apareciam gigantescos animais antediluvianos como se ela tivesse vivido em épocas as mais remotas desta terra sangrenta.



Foi então (explosão) que se desmanchou de repente o namoro entre Olímpico e Macabéa. Namoro talvez esquisito mas pelo menos parente de algum amor pálido. Ele avisou-lhe que encontrara outra moça e que esta era Glória. (Explosão) Macabéa bem viu o que aconteceu com Olímpico e Glória: os olhos de ambos se haviam beijado.

Diante da cara um pouco inexpressiva demais de Macabéa, ele até que quis lhe dizer alguma gentileza suavizante na hora do adeus para sempre. E ao se despedir lhe disse:

– Você, Macabéa, é um cabelo na sopa. Não dá vontade de comer. Me desculpe se eu lhe ofendi, mas sou sincero. Você está ofendida?

– Não, não, não! Ah por favor quero ir embora! Por favor me diga logo adeus!

É melhor eu não falar em felicidade ou infelicidade – provoca aquela saudade desmaiada e lilás, aquele perfume de violeta, as águas geladas da maré mansa em espumas pela areia. Eu não quero provocar porque dói.

Macabéa, esqueci de dizer, tinha uma infelicidade: era sensual. Como é que num corpo cariado como o dela cabia tanta lascívia, sem que ela soubesse que tinha? Mistério. Havia, no começo do namoro, pedido a Olímpico um retratinho tamanho 3x4 onde ele saiu rindo para mostrar o canino de ouro e ela ficava tão excitada que rezava três pai-nossos e duas ave-marias para se acalmar.

Na hora em que Olímpico lhe dera o fora, a reação dela (explosão) veio de repente inesperada: pôs-se sem mais nem menos a rir. Ria por não ter se lembrado de chorar. Surpreendido, Olímpico, sem entender, deu algumas gargalhadas.

Ficaram rindo os dois. Aí ele teve uma intuição que finalmente era uma delicadeza: perguntou-lhe se ela estava rindo de nervoso. Ela parou de rir e disse muito, muito cansada:

– Não sei não...

Macabéa entendeu uma coisa: Glória era um estardalhaço de existir. E tudo devia ser porque Glória era gorda. A gordura sempre fora o ideal secreto de Macabéa, pois em Maceió ouvira um rapaz dizer para uma gorda que passava na rua: "a tua gordura é formosura!" A partir de então ambicionara ter carnes e foi quando fez o único pedido de sua vida. Pediu que a tia lhe comprasse óleo de fígado de bacalhau. (Já então tinha tendência para anúncios.) A tia perguntara-lhe: você pensa lá que é filha de família querendo luxo?

Depois que Olímpico a despediu, já que ela não era uma pessoa triste, procurou continuar como se nada tivesse perdido. (Ela não sentiu desespero etc. etc.) Também que é que ela podia fazer? Pois ela era crônica. E mesmo tristeza também era coisa de rico, era para quem podia, para quem não tinha o que fazer. Tristeza era luxo.

Esqueci de dizer que no dia seguinte ao que ele lhe dera o fora ela teve uma ideia. Já que ninguém lhe dava festa, muito menos noivado, daria uma festa para si mesma. A festa consistiu em comprar sem necessidade um batom novo, não cor-de-rosa como o que usava, mas vermelho vivante. No banheiro da firma pintou a boca toda e até fora dos contornos para que os seus lábios finos tivessem aquela coisa esquisita dos lábios de Marylin Monroe. Depois de pintada ficou olhando no espelho a figura que por sua vez a olhava espantada. Pois em vez de batom parecia que grosso sangue lhe tivesse brotado dos lábios por um soco em plena boca, com quebra-dentes e rasga-carne (pequena explosão). Quando voltou para a sala de trabalho Glória riu-se dela:

– Você endoidou, criatura? Pintar-se como uma endemoniada? Você até parece mulher de soldado.

– Sou moça virgem! Não sou mulher de soldado e marinheiro.

– Me desculpe eu perguntar: ser feia dói?

– Nunca pensei nisso, acho que dói um pouquinho. Mas eu lhe pergunto se você que é feia sente dor.

– Eu não sou feia!!!, gritou Glória.

Depois tudo passou e Macabéa continuou a gostar de não pensar em nada. Vazia, vazia. Como eu disse, ela não tinha anjo da guarda. Mas se arranjava como podia. Quanto ao mais, ela era quase impessoal. Glória perguntou-lhe:

– Por que é que você me pede tanta aspirina? Não estou reclamando, embora isso custe dinheiro.

– É para eu não me doer.

– Como é que é? Hein? Você se dói?

– Eu me doo o tempo todo.

– Aonde?

– Dentro, não sei explicar.

Aliás cada vez mais ela não se sabia explicar. Transformara-se em simplicidade orgânica. E arrumara um jeito de achar nas coisas simples e honestas a graça de um pecado. Gostava de sentir o tempo passar. Embora não tivesse relógio, ou por isso mesmo, gozava o grande tempo. Era supersônica de vida. Ninguém percebia que ela ultrapassava com sua existência a barreira do som. Para as pessoas outras ela não existia. A sua única vantagem sobre os outros era saber engolir pílulas sem água, assim a seco. Glória, que lhe dava aspirinas, admirava-a muito, o que dava a Macabéa um banho de calor gostoso no coração. Glória advertiu-a:

– Um dia a pílula te cola na parede da garganta que nem galinha de pescoço meio cortado, correndo por aí.

Um dia teve um êxtase. Foi diante de uma árvore tão grande que no tronco ela nunca poderia abraçá-la. Mas apesar do êxtase ela não morava com Deus. Rezava indiferentemente. Sim. Mas o misterioso Deus dos outros lhe dava às vezes um estado de graça. Feliz, feliz, feliz. Ela de alma quase voando. E também vira o disco voador. Tentara contar a Glória mas não tivera jeito, não sabia falar e mesmo contar o quê? O ar? Não se conta tudo porque o tudo é um oco nada.

Às vezes a graça a pegava em pleno escritório. Então ela ia ao banheiro para ficar sozinha. De pé e sorrindo até passar (parece-me que esse Deus era muito misericordioso com ela: dava-lhe o que lhe tirava). Em pé pensando em nada, os olhos moles.

Nem Glória era uma amiga: só colega. Glória roliça, branca e morna. Tinha um cheiro esquisito. Porque não se lavava muito, com certeza. Oxigenava os pelos das pernas cabeludas e das axilas que ela não raspava. Olímpico: será que ela é loura embaixo também?

Em relação a Macabéa, Glória tinha um vago senso de maternidade. Quando Macabéa lhe parecia murcha demais, dizia:

– E esse ar é por causa de?

Macabéa, que nunca se irritava com ninguém, arrepiava-se com o hábito que Glória tinha de deixar a frase inacabada. Glória usava uma forte água-de-colônia de sândalo e Macabéa, que tinha o estômago delicado, quase vomitava ao sentir o cheiro. Nada dizia porque Glória era agora a sua conexão com o mundo. Este mundo fora composto pela tia, Glória, o Seu Raimundo e Olímpico – e de muito longe as moças com as quais repartia o quarto. Em compensação se conectava com o retrato de Greta Garbo quando moça. Para minha surpresa, pois eu não imaginava Macabéa capaz de sentir o que diz um rosto como esse. Greta Garbo, pensava ela sem se explicar, essa mulher deve ser a mulher mais importante do mundo. Mas o que ela queria mesmo ser não era a altiva Greta Garbo cuja trágica sensualidade estava em pedestal solitário. O que ela queria, como eu já disse, era parecer com Marylin. Um dia, em raro momento de confissão, disse a Glória quem ela gostaria de ser. E Glória caiu na gargalhada:

– Logo ela, Maca? Vê se te manca!

Glória era toda contente consigo mesma: dava-se grande valor. Sabia que tinha o sestro molengole de mulata, uma pintinha marcada junto da boca, só para dar uma gostosura, e um buço forte que ela oxigenava. Sua boca era loura. Parecia até um bigode. Era uma safadinha esperta mas tinha força de coração. Penalizava-se com Macabéa mas ela que se arranjasse, quem mandava ser tola? E Glória pensava: não tenho nada a ver com ela.

Ninguém pode entrar no coração de ninguém. Macabéa até que falava com Glória – mas nunca de peito aberto.

Glória tinha um traseiro alegre e fumava cigarro mentolado para manter um hálito bom nos seus beijos intermináveis com Olímpico. Ela era muito satisfatona: tinha tudo o que seu pouco anseio lhe dava. E havia nela um desafio que se resumia em "ninguém manda em mim". Mas lá um dia pôs-se a olhar e a olhar e a olhar Macabéa. De repente não aguentou e com um sotaque levemente português disse:

– Oh mulher, não tens cara?

– Tenho sim. É porque sou achatada de nariz, sou alagoana.

– Diga-me uma coisa: você pensa no teu futuro?

A pergunta ficou por isso mesmo, pois a outra não soube o que responder.

Muito bem. Voltemos a Olímpico.

Ele, para impressionar Glória e cantar logo de galo, comprou pimenta-malagueta das brabas na feira dos nordestinos e para mostrar à nova namorada o durão que era mastigou em plena polpa a fruta do diabo. Nem sequer tomou um copo de água para apagar o fogo nas entranhas. O ardor quase intolerável no entanto o enrijeceu, sem contar que Glória assustada passou a obedecer-lhe. Ele pensou: pois não é que sou um vencedor? E agarrou-se em Glória com a força de um zangão, ela lhe daria mel de abelhas e carnes fartas. Não se arrependeu um só instante de ter rompido com Macabéa pois seu destino era o de subir para um dia entrar no mundo dos outros. Ele tinha fome de ser outro. No mundo de Glória, por exemplo, ele ia se locupletar, o frágil machinho. Deixaria enfim de ser o que sempre fora e que escondia até de si mesmo por vergonha de tal fraqueza: é que desde menino na verdade não passava de um coração solitário pulsando com dificuldade no espaço. O sertanejo é antes de tudo um paciente. Eu o perdoo.

Glória, querendo compensar o roubo do namorado da outra, convidou-a para tomar lanche de tarde, domingo, na sua casa. Soprar depois de morder? (Ah que história banal, mal aguento escrevê-la.)

E lá (pequena explosão) Macabéa arregalou os olhos. É que na suja desordem de uma terceira classe de burguesia havia no entanto o morno conforto de quem gasta todo o dinheiro em comida, no subúrbio comia-se muito. Glória morava na rua General não sei o quê, muito contente de morar em rua de militar, sentia-se mais garantida. Em sua casa até telefone tinha. Foi talvez essa uma das poucas vezes em que Macabéa viu que não havia para ela lugar no mundo e exatamente porque Glória tanto lhe dava. Isto é, um farto copo de grosso chocolate de verdade misturado com leite e muitas espécies de roscas açucaradas, sem falar num pequeno bolo. Macabéa, enquanto Glória saía da sala – roubou escondido um biscoito. Depois pediu perdão ao Ser abstrato que dava e tirava. Sentiu-se perdoada. O Ser a perdoava de tudo.

No dia seguinte, segunda-feira, não sei se por causa do fígado atingido pelo chocolate ou por causa de nervosismo de beber coisa de rico, passou mal. Mas teimosa não vomitou para não desperdiçar o luxo do chocolate. Dias depois, recebendo o salário, teve a audácia de pela primeira vez na vida (explosão) procurar o médico barato indicado por Glória. Ele a examinou, a examinou e de novo a examinou.





– Você faz regime para emagrecer, menina?

Macabéa não soube responder.

– O que é que você come?

– Cachorro-quente.

– Só?

– Às vezes como sanduíche de mortadela.

– Que é que você bebe? Leite?

– Só café e refrigerante.

– Que refrigerante?, perguntou ele sem saber o que falar. À toa indagou:

– Você às vezes tem crise de vômito?

– Ah, nunca!, exclamou muito espantada, pois não era doida de desperdiçar comida, como eu disse.

O médico olhou-a e bem sabia que ela não fazia regime para emagrecer. Mas era-lhe mais cômodo insistir em dizer que não fizesse dieta de emagrecimento. Sabia que era assim mesmo e que ele era médico de pobres. Foi o que disse enquanto lhe receitava um tônico que ela depois nem comprou, achava que ir ao médico por si só já curava. Ele acrescentou irritado sem atinar com o porquê de sua súbita irritação e revolta:

– Essa história de regime de cachorro-quente é pura neurose e o que está precisando é de procurar um psicanalista!

Ela nada entendeu mas pensou que o médico esperava que ela sorrisse. Então sorriu.

O médico muito gordo e suado tinha um tique nervoso que o fazia de quando em quando ritmadamente repuxar os lábios. O resultado era parecer que estava fazendo beicinho de bebê quando está prestes a chorar.

Esse médico não tinha objetivo nenhum. A medicina era apenas para ganhar dinheiro e nunca por amor à profissão nem a doentes. Era desatento e achava a pobreza uma coisa feia. Trabalhava para os pobres detestando lidar com eles. Eles eram para ele o rebotalho de uma sociedade muito alta à qual também ele não pertencia. Sabia que estava desatualizado na medicina e nas novidades clínicas mas para pobre servia. O seu sonho era ter dinheiro para fazer exatamente o que queria: nada.

Quando ele avisara que ia examiná-la ela disse:

– Ouvi dizer que no médico se tira a roupa mas eu não tiro coisa nenhuma.

Passara-a pelo raio X e dissera:

– Você está com começo de tuberculose pulmonar.

Ela não sabia se isso era coisa boa ou coisa ruim. Bem, como era uma pessoa muito educada, disse:

– Muito obrigada, sim?

O médico simplesmente se negou a ter piedade. E acrescentou: quando você não souber o que comer faça um espaguete bem italiano.

E acrescentou com um mínimo de bondade a que ele se permitia já que se considerava também injustiçado pela sorte:

– Não é tão caro assim...

– Esse nome de comida que o senhor falou eu nunca comi na vida. É bom?

– Claro que é! Olhe só a minha barriga! Isso é resultado de boas macarronadas e muita cerveja. Dispense a cerveja, é melhor não beber álcool. Ela repetiu cansada:

– Álcool?

– Sabe de uma coisa? Vá para os raios que te partam!

Sim, estou apaixonado por Macabéa, a minha querida Maca, apaixonado pela sua feiura e anonimato total pois ela não é para ninguém. Apaixonado por seus pulmões frágeis, a magricela. Quisera eu tanto que ela abrisse a boca e dissesse:

– Eu sou sozinha no mundo e não acredito em ninguém, todos mentem, às vezes até na hora do amor, eu não acho que um ser fale com o outro, a verdade só me vem quando estou sozinha.



Maca, porém, jamais disse frases, em primeiro lugar por ser de parca palavra. E acontece que não tinha consciência de si e não reclamava nada, até pensava que era feliz. Não se tratava de uma idiota mas tinha a felicidade pura dos idiotas. E também não prestava atenção em si mesma: ela não sabia. (Vejo que tentei dar a Maca uma situação minha: eu preciso de algumas horas de solidão por dia senão "me muero".)

Quanto a mim, só sou verdadeiro quando estou sozinho. Quando eu era pequeno pensava que de um momento para outro eu cairia para fora do mundo. Por que as nuvens não caem, já que tudo cai? É que a gravidade é menor que a força do ar que as levanta. Inteligente, não é? Sim, mas caem um dia em chuva. É a minha vingança.

Nada contou a Glória porque de um modo geral mentia: tinha vergonha da verdade. A mentira era tão mais decente. Achava que boa educação é saber mentir. Mentia também para si mesma em devaneio volátil na sua inveja da colega. Glória, por exemplo, era inventiva: Macabéa viu-a se despedir de Olímpico beijando a ponta dos próprios dedos e jogando o beijo no ar como se solta passarinho, o que Macabéa nunca pensaria em fazer.

(Esta história são apenas fatos não trabalhados de matéria-prima e que me atingem direto antes de eu pensar. Sei muita coisa que não posso dizer. Aliás pensar o quê?)

Glória, talvez por remorso, disse-lhe:

– Olímpico é meu mas na certa você arranja outro namorado. Eu digo que ele é meu porque foi o que a minha cartomante me disse e eu não quero desobedecer porque ela é médium e nunca erra. Por que você não paga uma consulta e pede pra ela te pôr as cartas?

– É muito caro?

Estou absolutamente cansado de literatura; só a mudez me faz companhia. Se ainda escrevo é porque nada mais tenho a fazer no mundo enquanto espero a morte. A procura da palavra no escuro. O pequeno sucesso me invade e me põe no olho da rua. Eu queria chafurdar no lodo, minha necessidade de baixeza eu mal controlo, a necessidade da orgia e do pior gozo absoluto. O pecado me atrai, o que é proibido me fascina. Quero ser porco e galinha e depois matá-los e beber-lhes o sangue. Penso no sexo de Macabéa, miúdo mas inesperadamente coberto de grossos e abundantes pelos negros – seu sexo era a única marca veemente de sua existência.

Ela nada pedia mas seu sexo exigia, como um nascido girassol num túmulo. Quanto a mim, estou cansado. Talvez da companhia de Macabéa, Glória, Olímpico. O médico me enjoou com sua cerveja. Tenho que interromper esta história por uns três dias.

* * *

Nestes últimos três dias, sozinho, sem personagens, despersonalizo-me e tiro-me de mim como quem tira uma roupa. Despersonalizo-me a ponto de adormecer.

E agora emerjo e sinto falta de Macabéa. Continuemos:

– É muito caro?

– Eu lhe empresto. Inclusive madama Carlota também quebra feitiço que tenham feito contra a gente. Ela quebrou o meu à meia-noite em ponto de uma sexta-feira treze de agosto, lá para lá de S. Miguel, num terreiro de macumba. Sangraram em cima de mim um porco preto, sete galinhas brancas e me rasgaram a roupa que já estava toda ensanguentada. Você tem coragem?

– Não sei se posso ver sangue.

Talvez porque sangue é a coisa secreta de cada um, a tragédia vivificante. Mas Macabéa só sabia que não podia ver sangue, o resto fui eu que pensei. Estou me interessando terrivelmente por fatos: fatos são pedras duras. Não há como fugir. Fatos são palavras ditas pelo mundo.

Bem.

Diante da súbita ajuda, Macabéa, que nunca se lembrava de pedir, pediu licença ao chefe inventando dor de dente e aceitou o dinheiro emprestado que nem sabia quando ia devolver. Essa audácia lhe deu um inesperado ânimo para audácia maior (explosão): como o dinheiro era emprestado, ela raciocinou tortamente que não era dela e então podia gastá-lo. Assim pela primeira vez na vida tomou um táxi e foi para Olaria. Desconfio que ousou tanto por desespero, embora não soubesse que estava desesperada, é que estava gasta até a última lona, a boca a se colar no chão.

Não foi difícil achar o endereço da madama Carlota e essa facilidade lhe pareceu bom sinal. O apartamento térreo ficava na esquina de um beco e entre as pedras do chão crescia capim – ela o notou porque sempre notava o que era pequeno e insignificante. Pensou vagamente enquanto tocava a campainha da porta: capim é tão fácil e simples. Tinha pensamentos gratuitos e soltos porque embora à toa possuía muita liberdade interior.

A própria madama Carlota atendeu-a, olhou-a com naturalidade e disse:

– O meu guia já tinha me avisado que você vinha me ver, minha queridinha. Como é mesmo o seu nome? Ah, é? É muito lindo. Entre, meu benzinho. Tenho uma cliente na salinha dos fundos, você espera aqui. Aceita um cafezinho, minha florzinha?

Macabéa sentou-se um pouco assustada porque faltavam-lhe antecedentes de tanto carinho. E bebeu, com cuidado pela própria frágil vida, o café frio e quase sem açúcar. Enquanto isso olhava com admiração e respeito a sala onde estava. Lá tudo era de luxo. Matéria plástica amarela nas poltronas e sofás. E até flores de plástico. Plástico era o máximo. Estava boquiaberta.

Afinal saiu dos fundos da casa uma moça com olhos muito vermelhos e madama Carlota mandou Macabéa entrar. (Como é chato lidar com fatos, o cotidiano me aniquila, estou com preguiça de escrever esta história que é um desabafo apenas. Vejo que escrevo aquém e além de mim. Não me responsabilizo pelo que agora escrevo.)

Continuemos, pois, embora com esforço: madama Carlota era enxundiosa, pintava a boquinha rechonchuda com vermelho vivo e punha nas faces oleosas duas rodelas de ruge brilhoso. Parecia um bonecão de louça meio quebrado. (Vejo que não dá para aprofundar esta história. Descrever me cansa.)

– Não tenha medo de mim, sua coisinha engraçadinha. Porque quem está ao meu lado, está no mesmo instante ao lado de Jesus.

E apontou o quadro colorido onde havia exposto em vermelho e dourado o coração de Cristo.

– Eu sou fã de Jesus. Sou doidinha por Ele. Ele sempre me ajudou. Olha, quando eu era mais moça tinha bastante categoria para levar vida fácil de mulher. E era fácil mesmo, graças a Deus. Depois, quando eu já não valia muito no mercado, Jesus sem mais nem menos arranjou um jeito de eu fazer sociedade com uma coleguinha e abrimos uma casa de mulheres. Aí eu ganhei dinheiro e pude comprar este apartamentozinho térreo. Larguei a casa de mulheres porque era difícil tomar conta de tantas moças que só faziam era querer me roubar. Você está interessada no que eu digo?

– Muito.

– Pois faz bem porque eu não minto. Seja também fã de Jesus porque o Salvador salva mesmo. Olhe, a polícia não deixa pôr cartas, acha que estou explorando os outros, mas, como eu lhe disse, nem a polícia consegue desbancar Jesus. Você notou que Ele até me conseguiu dinheiro para ter mobília de grã-fino?

– Sim senhora.

– Ah, então você também acha, não é? Pelo que vejo você é inteligente, ainda bem, porque a inteligência me salvou.

Madama Carlota enquanto falava tirava de uma caixa aberta um bombom atrás do outro e ia enchendo a boca pequena. Não ofereceu nenhum a Macabéa. Esta, que, como eu disse, tinha tendência a notar coisas pequenas, percebeu que dentro de cada bombom mordido havia um líquido grosso. Não cobiçou o bombom pois aprendera que as coisas são dos outros.

– Eu era pobre, comia mal, não tinha roupas boas. Então caí na vida. E gostei porque sou uma pessoa muito carinhosa, tinha carinho por todos os homens. Além do mais, na zona era divertido porque havia muita conversa entre as coleguinhas. Nós éramos muito unidas e só de vez em quando eu me atracava com uma. Mas isso também era bom porque eu era muito forte e gostava de bater, de puxar cabelos e morder. Por falar em morder, você não pode imaginar que dentes lindos eu tinha, todos branquinhos e brilhantes. Mas se estragaram tanto que hoje uso dentadura postiça. Você acha que se nota que são postiços?

– Não senhora.

– Olhe, eu era muito asseada e não pegava doença ruim. Só uma vez me caiu uma sífilis mas a penicilina me curou. Eu era mais tolerante do que as outras porque sou bondosa e afinal estava dando o que era meu. Eu tinha um homem de quem eu gostava de verdade e que eu sustentava porque ele era fino e não queria se gastar em trabalho nenhum. Ele era o meu luxo e eu até apanhava dele. Quando ele me dava uma surra eu via que ele gostava de mim, eu gostava de apanhar. Com ele era amor, com os outros eu trabalhava. Depois que ele desapareceu, eu, para não sofrer, me divertia amando mulher. O carinho de mulher é muito bom mesmo, eu até lhe aconselho porque você é delicada demais para suportar a brutalidade dos homens e se você conseguir uma mulher vai ver como é gostoso, entre mulheres o carinho é muito mais fino. Você tem chance de ter uma mulher?

Não senhora.

– É que também você nem se enfeita. Quem não se enfeita, por si mesma se enjeita. Ai que saudades da zona! Eu peguei o melhor tempo do Mangue que era frequentado por verdadeiros cavalheiros. Além do preço fixo, eu muitas vezes ganhava gorjeta. Ouvi dizer que o Mangue está acabando, que a zona agora só tem uma meia dúzia de casas. Em meu tempo havia umas duzentas. Eu ficava em pé encostada na porta vestindo só calcinha e sutiã de renda transparente. Depois, quando eu já estava ficando muito gorda e perdendo os dentes, é que me tornei caftina. Você sabe o que quer dizer caftina? Eu uso essa palavra porque nunca tive medo de palavras. Tem gente que se assusta com o nome das coisas. Vocezinha tem medo de palavras, benzinho?

– Tenho, sim senhora.

– Então vou me cuidar para não escapulir nenhum palavrão, fique sossegada. Ouvi dizer que o Mangue tem um cheiro insuportável. No meu tempo a gente punha incenso queimando para dar um ar limpo na casa. Até tinha cheiro de igreja. E tudo era muito respeitoso e com muita religião. Quando eu era mulher-dama já ia juntando meu dinheirinho, dando porcentagem à chefa, é claro. De vez em quando havia tiros mas nada comigo. Minha florzinha, estou te aborrecendo com minha história? Ah, não? Você tem paciência de esperar pelas cartas?

– Tenho, sim senhora.

Então madama Carlota contou-lhe que lá no Mangue, no seu cubículo, havia enfeites lindos nas paredes.

– Você sabe, meu amor, que cheiro de homem é bom? Faz bem à saúde. Você já sentiu cheiro de homem?

– Não senhora.

Finalmente, depois de lamber os dedos, madama Carlota mandou-a cortar as cartas com a mão esquerda, ouviu, minha adoradinha?

Macabéa separou um monte com a mão trêmula: pela primeira vez ia ter um destino. Madama Carlota (explosão) era um ponto alto na sua existência. Era o vórtice de sua vida e esta se afunilara toda para desembocar na grande dama cujo ruge brilhante dava-lhe à pele uma lisura de matéria plástica. A madama de repente arregalou os olhos.

– Mas, Macabeazinha, que vida horrível a sua! Que meu amigo Jesus tenha dó de você, filhinha! Mas que horror!

Macabéa empalideceu: nunca lhe ocorrera que sua vida fora tão ruim.

Madama acertou tudo sobre o seu passado, até lhe disse que ela mal conhecera pai e mãe e que fora criada por uma parente muito madrasta má. Macabéa espantou-se com a revelação: até agora sempre julgara que o que a tia lhe fizera era educá-la para que ela se tornasse uma moça mais fina. Madama acrescentou:

– Quanto ao presente, queridinha, está horrível também. Você vai perder o emprego e já perdeu o namorado, coitada de vocezinha. Se não puder, não me pague a consulta, sou uma madama de recursos.

Macabéa, pouco habituada a receber de graça, recusou a dádiva mas com o coração todo grato.

E eis que (explosão) de repente aconteceu: o rosto da madama se acendeu todo iluminado:

– Macabéa! Tenho grandes notícias para lhe dar! Preste atenção, minha flor, porque é da maior importância o que vou lhe dizer. É coisa muito séria e muito alegre: sua vida vai mudar completamente! E digo mais: vai mudar a partir do momento em que você sair da minha casa! Você vai se sentir outra. Fique sabendo, minha florzinha, que até o seu namorado vai voltar e propor casamento, ele está arrependido! E seu chefe vai lhe avisar que pensou melhor e não vai mais lhe despedir!

Macabéa nunca tinha tido coragem de ter esperança.

Mas agora ouvia a madama como se ouvisse uma trombeta vinda dos céus – enquanto suportava uma forte taquicardia. Madama tinha razão: Jesus enfim prestava atenção nela. Seus olhos estavam arregalados por uma súbita voracidade pelo futuro (explosão). E eu também estou com esperança enfim.

– E tem mais! Um dinheiro grande vai lhe entrar pela porta adentro em horas da noite trazido por um homem estrangeiro. Você conhece algum estrangeiro?

– Não senhora, disse Macabéa já desanimando.

– Pois vai conhecer. Ele é alourado e tem olhos azuis ou verdes ou castanhos ou pretos. E se não fosse porque você gosta de seu ex-namorado, esse gringo ia namorar você. Não! Não! Não! Agora estou vendo outra coisa (explosão) e apesar de não ver muito claro estou também ouvindo a voz de meu guia: esse estrangeiro parece se chamar Hans, e é ele quem vai se casar com você! Ele tem muito dinheiro, todos os gringos são ricos. Se não me engano, e nunca me engano, ele vai lhe dar muito amor e você, minha enjeitadinha, você vai se vestir com veludo e cetim e até casaco de pele vai ganhar!

Macabéa começou (explosão) a tremelicar toda por causa do lado penoso que há na excessiva felicidade. Só lhe ocorreu dizer:

– Mas casaco de pele não se precisa no calor do Rio...

– Pois vai ter só para se enfeitar. Faz tempo que não boto cartas tão boas. E sou sempre sincera: por exemplo, acabei de ter a franqueza de dizer para aquela moça que saiu daqui que ela ia ser atropelada, ela até chorou muito, viu os olhos avermelhados dela? E agora vou lhe dar um feitiço que você deve guardar dentro deste sutiã que quase não tem seio, coitada, bem em contato com sua pele. Você não tem busto mas vai engordar e vai ganhar corpo. Enquanto você não engordar, ponha dentro do sutiã chumaços de algodão para fingir que tem. Olha, minha queridinha, esse feitiço também sou obrigada por Jesus a lhe cobrar porque todo o dinheiro que eu recebo das cartas eu dou para um asilo de crianças. Mas se não puder, não pague, só venha me pagar quando tudo acontecer.

– Não, eu lhe pago, a senhora acertou tudo, a senhora é...

Estava meio bêbada, não sabia o que pensava, parecia que lhe tinham dado um forte cascudo na cabeça de ralos cabelos, sentia-se tão desorientada como se lhe tivesse acontecido uma infelicidade.

Sobretudo estava conhecendo pela primeira vez o que os outros chamavam de paixão: estava apaixonada por Hans.

– E que é que eu faço para ter mais cabelo?, ousou perguntar porque já se sentia outra.

– Você está querendo demais. Mas está bem: lave a cabeça com sabão Aristolino, não use sabão amarelo em pedra. Esse conselho eu não cobro.

Até isso? (explosão) bateu-lhe o coração, até mais cabelo? Esquecera Olímpico e só pensava no gringo: era sorte demais pegar homem de olhos azuis ou verdes ou castanhos ou pretos, não havia como errar, era vasto o campo das possibilidades.

– E agora, disse a madama, você vá embora para encontrar o seu maravilhoso destino. E mesmo porque tem outra freguesa esperando, demorei demais com você, meu anjinho, mas valeu a pena!

Num súbito ímpeto (explosão) de vivo impulso Macabéa, entre feroz e desajeitada, deu um estalado beijo no rosto da madama. E sentiu de novo que sua vida já estava melhorando ali mesmo: pois era bom beijar. Quando ela era pequena, como não tinha a quem beijar, beijava a parede. Ao acariciar ela se acariciava a si própria.

Madama Carlota havia acertado tudo. Macabéa estava espantada. Só então vira que sua vida era uma miséria. Teve vontade de chorar ao ver o seu lado oposto, ela que, como eu disse, até então se julgava feliz.

Saiu da casa da cartomante aos tropeços e parou no beco escurecido pelo crepúsculo – crepúsculo que é hora de ninguém. Mas ela de olhos ofuscados como se o último final da tarde fosse mancha de sangue e ouro quase negro. Tanta riqueza de atmosfera a recebeu e o primeiro esgar da noite que, sim, sim, era funda e faustosa. Macabéa ficou um pouco aturdida sem saber se atravessaria a rua pois sua vida já estava mudada. E mudada por palavras – desde Moisés se sabe que a palavra é divina. Até para atravessar a rua ela já era outra pessoa. Uma pessoa grávida de futuro. Sentia em si uma esperança tão violenta como jamais sentira tamanho desespero. Se ela não era mais ela mesma, isso significava uma perda que valia por um ganho. Assim como havia sentença de morte, a cartomante lhe decretara sentença de vida. Tudo de repente era muito e muito e tão amplo que ela sentiu vontade de chorar. Mas não chorou: seus olhos faiscavam como o sol que morria.

Então ao dar o passo de descida da calçada para atravessar a rua, o Destino (explosão) sussurrou veloz e guloso: é agora, é já, chegou a minha vez!

E enorme como um transatlântico o Mercedes amarelo pegou-a – e neste mesmo instante em algum único lugar do mundo um cavalo como resposta empinou-se em gargalhada de relincho.

Macabéa ao cair ainda teve tempo de ver, antes que o carro fugisse, que já começavam a ser cumpridas as predições de madama Carlota, pois o carro era de alto luxo. Sua queda não era nada, pensou ela, apenas um empurrão. Batera com a cabeça na quina da calçada e ficara caída, a cara mansamente voltada para a sarjeta. E da cabeça um fio de sangue inesperadamente vermelho e rico. O que queria dizer que apesar de tudo ela pertencia a uma resistente raça anã teimosa que um dia vai talvez reivindicar o direito ao grito.

(Eu ainda poderia voltar atrás em retorno aos minutos passados e recomeçar com alegria no ponto em que Macabéa estava de pé na calçada – mas não depende de mim dizer que o homem alourado e estrangeiro a olhasse. É que fui longe demais e já não posso mais retroceder. Ainda bem que pelo menos não falei e nem falarei em morte e sim apenas um atropelamento.)

Ficou inerme no canto da rua, talvez descansando das emoções, e viu entre as pedras do esgoto o ralo capim de um verde da mais tenra esperança humana. Hoje, pensou ela, hoje é o primeiro dia de minha vida: nasci.

(A verdade é sempre um contato interior inexplicável. A verdade é irreconhecível. Portanto não existe? Não, para os homens não existe.)

Voltando ao capim. Para tal exígua criatura chamada Macabéa a grande natureza se dava apenas em forma de capim de sarjeta – se lhe fosse dado o mar grosso ou picos altos de montanhas, sua alma, ainda mais virgem que o corpo, se alucinaria e explodir-se-lhe-ia o organismo, braços pra cá, intestino para lá, cabeça rolando redonda e oca a seus pés – como se desmonta um manequim de cera.

Prestou de repente um pouco de atenção para si mesma. O que estava acontecendo era um surdo terremoto? Tinha-se aberto em fendas a terra de Alagoas. Fixava, só por fixar, o capim. Capim na grande Cidade do Rio de Janeiro. À toa. Quem sabe se Macabéa já teria alguma vez sentido que também ela era à toa na cidade inconquistável. O Destino havia escolhido para ela um beco no escuro e uma sarjeta. Ela sofria? Acho que sim. Como uma galinha de pescoço mal cortado que corre espavorida pingando sangue. Só que a galinha foge – como se foge da dor – em cacarejos apavorados. E Macabéa lutava muda.

Vou fazer o possível para que ela não morra. Mas que vontade de adormecê-la e de eu mesmo ir para a cama dormir.

Então começou levemente a garoar. Olímpico tinha razão: ela só sabia mesmo era chover. Os finos fios de água gelada aos poucos empapavam-lhe a roupa e isso não era confortável.

Pergunto: toda história que já se escreveu no mundo é história de aflições?

Algumas pessoas brotaram no beco não se sabe de onde e haviam se agrupado em torno de Macabéa sem nada fazer assim como antes pessoas nada haviam feito por ela, só que agora pelo menos a espiavam, o que lhe dava uma existência.

(Mas quem sou eu para censurar os culpados? O pior é que preciso perdoá-los. É necessário chegar a tal nada que indiferentemente se ame ou não se ame o criminoso que nos mata. Mas não estou seguro de mim mesmo: preciso perguntar, embora não saiba a quem, se devo mesmo amar aquele que me trucida e perguntar quem de vós me trucida. E minha vida, mais forte do que eu, responde que quer porque quer vingança e responde que devo lutar como quem se afoga, mesmo que eu morra depois. Se assim é, que assim seja.)

Macabéa por acaso vai morrer? Como posso saber? E nem as pessoas ali presentes sabiam. Embora por via das dúvidas algum vizinho tivesse pousado junto do corpo uma vela acesa. O luxo da rica flama parecia cantar glória.

(Escrevo sobre o mínimo parco enfeitando-o com púrpura, joias e esplendor. É assim que se escreve? Não, não é acumulando e sim desnudando. Mas tenho medo da nudez, pois ela é a palavra final.)

Enquanto isso, Macabéa no chão parecia se tornar cada vez mais uma Macabéa, como se chegasse a si mesma.

Este é um melodrama? O que sei é que melodrama era o ápice de sua vida, todas as vidas são uma arte e a dela tendia para o grande choro insopitável como chuva e raios.

Apareceu portanto um homem magro de paletó puído tocando violino na esquina. Devo explicar que este homem eu o vi uma vez ao anoitecer quando eu era menino em Recife e o som espichado e agudo sublinhava com uma linha dourada o mistério da rua escura. Junto do homem esquálido havia uma latinha de zinco onde barulhavam secas as moedas dos que o ouviam com gratidão por ele lhes planger a vida. Só agora entendo e só agora brotou-se-me o sentido secreto: o violino é um aviso. Sei que quando eu morrer vou ouvir o violino do homem e pedirei música, música, música.

Macabéa, Ave-Maria, cheia de graça, terra serena da promissão, terra do perdão, tem que chegar o tempo, ora pro nóbis, e eu me uso como forma de conhecimento. Eu te conheço até o osso por intermédio de uma encantação que vem de mim para ti. Espraiar-se selvagemente e no entanto atrás de tudo pulsa uma geometria inflexível. Macabéa lembrou-se do cais do porto. O cais chegava ao coração de sua vida.

Macabéa pedir perdão? Porque sempre se pede. Por quê? Resposta: é assim porque assim é. Sempre foi? Sempre será. E se não foi? Mas eu estou dizendo que é. Pois.

Via-se perfeitamente que estava viva pelo piscar constante dos olhos grandes, pelo peito magro que se levantava e abaixava em respiração talvez difícil. Mas quem sabe se ela não estaria precisando de morrer? Pois há momentos em que a pessoa está precisando de uma pequena mortezinha e sem nem ao menos saber. Quanto a mim, substituo o ato da morte por um seu símbolo. Símbolo este que pode se resumir num profundo beijo mas não na parede áspera e sim boca a boca na agonia do prazer que é morte. Eu, que simbolicamente morro várias vezes só para experimentar a ressurreição.

Acho com alegria que ainda não chegou a hora de estrela de cinema de Macabéa morrer. Pelo menos ainda não consigo adivinhar se lhe acontece o homem louro e estrangeiro. Rezem por ela e que todos interrompam o que estão fazendo para soprar-lhe vida, pois Macabéa está por enquanto solta no acaso como a porta balançando ao vento no infinito. Eu poderia resolver pelo caminho mais fácil, matar a menina-infante, mas quero o pior: a vida. Os que me lerem, assim, levem um soco no estômago para ver se é bom. A vida é um soco no estômago.

Por enquanto Macabéa não passava de um vago sentimento nos paralelepípedos sujos. Eu poderia deixá-la na rua e simplesmente não acabar a história. Mas não: irei até onde o ar termina, irei até onde a grande ventania se solta uivando, irei até onde o vácuo faz uma curva, irei aonde meu fôlego me levar. Meu fôlego me leva a Deus? Estou tão puro que nada sei. Só uma coisa eu sei: não preciso ter piedade de Deus. Ou preciso?

Tanto estava viva que se mexeu devagar e acomodou o corpo em posição fetal. Grotesca como sempre fora. Aquela relutância em ceder, mas aquela vontade do grande abraço. Ela se abraçava a si mesma com vontade do doce nada. Era uma maldita e não sabia. Agarrava-se a um fiapo de consciência e repetia mentalmente sem cessar: eu sou, eu sou, eu sou. Quem era, é que não sabia. Fora buscar no próprio profundo e negro âmago de si mesma o sopro de vida que Deus nos dá.



Então – ali deitada – teve uma úmida felicidade suprema, pois ela nascera para o abraço da morte. A morte que é nesta história o meu personagem predileto. Iria ela dar adeus a si mesma? Acho que ela não vai morrer porque tem tanta vontade de viver. E havia certa sensualidade no modo como se encolhera. Ou é porque a pré-morte se parece com a intensa ânsia sensual? É que o rosto dela lembrava um esgar de desejo. As coisas são sempre vésperas e se ela não morre agora está como nós na véspera de morrer, perdoai-me lembrar-vos porque quanto a mim não me perdoo a clarividência.

Um gosto suave, arrepiante, gélido e agudo como no amor. Seria esta a graça a que vós chamais de Deus? Sim? Se iria morrer, na morte passava de virgem a mulher. Não, não era morte pois não a quero para a moça: só um atropelamento que não significava sequer desastre. Seu esforço de viver parecia uma coisa que, se nunca experimentara, virgem que era, ao menos intuíra, pois só agora entendia que mulher nasce mulher desde o primeiro vagido. O destino de uma mulher é ser mulher. Intuíra o instante quase dolorido e esfuziante do desmaio do amor. Sim, doloroso reflorescimento tão difícil que ela empregava nele o corpo e a outra coisa que vós chamais de alma e que eu chamo – o quê?

Aí Macabéa disse uma frase que nenhum dos transeuntes entendeu. Disse bem pronunciado e claro:

– Quanto ao futuro.

Terá tido ela saudade do futuro? Ouço a música antiga de palavras e palavras, sim, é assim. Nesta hora exata Macabéa sente um fundo enjoo de estômago e quase vomitou, queria vomitar o que não é corpo, vomitar algo luminoso. Estrela de mil pontas.

O que é que estou vendo agora e que me assusta? Vejo que ela vomitou um pouco de sangue, vasto espasmo, enfim o âmago tocando no âmago: vitória!

E então – então o súbito grito estertorado de uma gaivota, de repente a águia voraz erguendo para os altos ares a ovelha tenra, o macio gato estraçalhando um rato sujo e qualquer, a vida come a vida.

Até tu, Brutus?!

Sim, foi este o modo como eu quis anunciar que – que Macabéa morreu. Vencera o Príncipe das Trevas. Enfim a coroação.

Qual foi a verdade de minha Maca? Basta descobrir a verdade que ela logo já não é mais: passou o momento. Pergunto: o que é? Resposta: não é.

Mas que não se lamentem os mortos: eles sabem o que fazem. Eu estive na terra dos mortos e depois do terror tão negro ressurgi em perdão. Sou inocente! Não me consumam! Não sou vendável! Ai de mim, todo na perdição e é como se a grande culpa fosse minha. Quero que me lavem as mãos e os pés e depois – depois que os untem com óleos santos de tanto perfume. Ah que vontade de alegria. Estou agora me esforçando para rir em grande gargalhada. Mas não sei por que não rio. A morte é um encontro consigo. Deitada, morta, era tão grande como um cavalo morto. O melhor negócio é ainda o seguinte: não morrer, pois morrer é insuficiente, não me completa, eu que tanto preciso.

Macabéa me matou.

Ela estava enfim livre de si e de nós. Não vos assusteis, morrer é um instante, passa logo, eu sei porque acabo de morrer com a moça. Desculpai-me esta morte. É que não pude evitá-la, a gente aceita tudo porque já beijou a parede. Mas eis que de repente sinto o meu último esgar de revolta e uivo: o morticínio dos pombos!!! Viver é luxo.

Pronto, passou.

Morta, os sinos badalavam mas sem que seus bronzes lhes dessem som. Agora entendo esta história. Ela é a iminência que há nos sinos que quase-quase badalam.

A grandeza de cada um.



Silêncio.

Se um dia Deus vier à terra haverá silêncio grande.

O silêncio é tal que nem o pensamento pensa.

O final foi bastante grandiloquente para a vossa necessidade? Morrendo ela virou ar. Ar enérgico? Não sei. Morreu em um instante. O instante é aquele átimo de tempo em que o pneu do carro correndo em alta velocidade toca no chão e depois não toca mais e depois toca de novo. Etc. etc. etc. No fundo ela não passara de uma caixinha de música meio desafinada.

Eu vos pergunto:

– Qual é o peso da luz?

E agora – agora só me resta acender um cigarro e ir para casa. Meu Deus, só agora me lembrei que a gente morre. Mas – mas eu também?!

Não esquecer que por enquanto é tempo de morangos.

Sim.

# POSFÁCIO

## INTERSECÇÕES: REALIDADE E FICÇÃO

"Devemos falar de uma nova Clarice Lispector, exterior e explícita, o coração selvagem comprometido nordestinamente com o projeto brasileiro?" Com esta pergunta Eduardo Portella inicia o prefácio encomendado pela própria Clarice ao acadêmico e amigo, para a primeira edição de *A hora da estrela*. Não deixa de ser curioso, naquela altura de sua carreira bem reconhecida, pedir um prefácio, quem sabe assegurador, já que Portella tinha muito destaque e circulação no meio literário e cultural.



Esta nova Clarice poderia ser de fato uma surpresa, caso não houvesse referências precisas sobre sua vida. Em criança, mesmo vivendo na pobreza, não deixava de se impressionar quando visitava aos domingos os mocambos do Recife onde moravam as empregadas da casa e, sensível às questões humanas e sociais, afirmava que um dia iria mudar a condição dos menos favorecidos.

Destacamos trecho da crônica publicada em *A legião estrangeira*, Editora do Autor, setembro de 1964, página 149, "Literatura e justiça":

> Hoje, de repente, como num verdadeiro achado, minha tolerância para com os outros sobrou um pouco para mim também (por quanto tempo?). Aproveitei a crista da onda, para me pôr em dia com o perdão, com o autoperdão. Por exemplo, minha tolerância em relação a mim, como pessoa que escreve, é perdoar o fato de eu não saber como me aproximar de um modo "literário" (isto é, transformado na veemência da arte) da "coisa social". Desde que me conheço o fato social teve em mim a importância maior do que qualquer outro: em Recife os mocambos foram a primeira verdade para mim. Muito antes de sentir "arte", senti a terrível beleza profunda da luta.
>
> Mas é que tenho modo simplório de me aproximar do fato social: eu queria era "fazer" alguma coisa contra a injustiça social (como se escrever não fosse fazer). O que não consigo é usar escrever para isso, por mais que a incapacidade me doa e me humilhe.



No final da adolescência, Clarice matriculou-se na faculdade de Direito porque tinha como objetivo "reformar o sistema penitenciário". Ainda como estudante de Direito, afirmava:

> Não há direito de punir. Há apenas poder de punir. O homem é punido pelo seu crime porque o Estado é mais forte do que ele, a guerra, grande crime, não é punida porque se acima de um homem há os homens, acima dos homens nada mais há.
>
> (Revista *A Época*, organizada pelos alunos de Direito da Universidade do Brasil, agosto de 1941)

Em carta de 3 de junho de 1942 ao então presidente Getúlio Vargas, Clarice pede que se apresse seu pedido de naturalização como brasileira e dá uma declaração de sua escolha pelo Brasil, pois era ato necessário ao casamento com um diplomata brasileiro:

> Quem lhe escreve é uma jornalista, ex-redatora da *Agência Nacional*, atualmente *n'A Noite*, acadêmica da Faculdade Nacional de Direito e, casualmente, russa também... Infelizmente, o que não posso provar materialmente – e que, no entanto, é o que mais importa – é que tudo que fiz tinha como núcleo minha real união com o país e que não possuo, nem elegeria, outra pátria senão o Brasil... A assinatura de V. Exª tornará de direito uma situação de fato. Creia-me, Senhor Presidente, ela alargará minha vida. E um dia saberei provar que não a usei inutilmente.

Questionada certa vez sobre o fato de não ser uma escritora "engajada" ou ativista, teria respondido que muitos outros já o faziam e melhor, e se voltava para a introspecção reveladora.

Mais de dez anos antes de *A hora da estrela*, em 1964, foi lançado o romance *A paixão segundo G.H.*, que pode ter diversas abordagens, inclusive a social. A personagem-título, a escultora G.H., percorre o trajeto da sala ao quarto de empregada recém-demitida Janair, da qual não se lembra bem do nome ou da fisionomia. Na parede deste quarto encontra inscrições rupestres que simbolizam o protesto e a alienação em que vive e G.H. se confronta com esta realidade, até mesmo a barata na qual a patroa mescla a negra Janair.

E em 1 de abril de 1964, quando a classe média colocava lençóis na janela e batia palmas para o golpe, Clarice se abatia com tristeza no seu apartamento do Leme.

E, um pouco mais tarde, publica a crônica "Daqui a vinte e cinco anos", no *Jornal do Brasil* de 16 de setembro de 1967:

> Perguntaram-me uma vez se eu saberia calcular o Brasil daqui a vinte e cinco anos. Nem daqui a vinte e cinco minutos, quanto mais vinte e cinco anos.
>
> [...]
>
> Mas se não sei prever, posso pelo menos desejar. Posso intensamente desejar que o problema mais urgente se resolva: o da fome. Muitíssimo mais depressa, porém, do que em vinte e cinco anos, porque não há mais tempo de esperar: milhares de homens, mulheres e crianças são verdadeiros moribundos ambulantes que tecnicamente deviam estar internados em hospitais para subnutridos. Tal é a miséria, que se justificaria ser decretado estado de prontidão, como diante de calamidade pública. Só que é pior: a fome é a nossa endemia, já está fazendo parte orgânica do corpo e da alma. E, na maioria das vezes, quando se descrevem as características físicas, morais e mentais de um brasileiro, não se nota que na verdade se estão descrevendo os sintomas físicos, morais e mentais da fome. Os líderes que tiverem como meta a solução econômica do problema da comida serão tão abençoados por nós como, em comparação, o mundo abençoará os que descobrirem a cura do câncer.

Em sua coluna de 17 de fevereiro de 1968, Clarice publica no *Jornal do Brasil* uma carta aberta ao Ministro da Educação, sobre a questão dos concursados no vestibular aprovados, porém não admitidos, os chamados "excedentes", que termina em "que estas páginas simbolizem uma passeata de protesto de rapazes e moças". Em 26 de junho de 1968, participa da "passeata dos cem mil" junto com outros artistas e intelectuais, talvez a manifestação popular mais marcante contra a ditadura militar brasileira.

Em texto de 29 de setembro de 1975, respondendo à pergunta "Então, por que você escreve?":

> A gente só pode fazer bem as coisas que ama realmente. Os meus livros não se preocupam muito com os fatos em si porque, para mim, o importante não são os fatos em si, mas as repercussões dos fatos no indivíduo. Isso é que realmente importa. É o que eu faço. E penso que, sob este aspecto, eu também faço livros comprometidos com o homem e a sua realidade, porque a realidade não é um fenômeno puramente externo.

O leitor não deve imaginar que ao escritor compete apenas criar situações e personagens como se fossem enigmas a serem decifrados pelo leitor. No caso de *A hora da estrela,* há um sentido claro e direto, sem mistérios: a vida é cruel, injusta e dramática para os excluídos do progresso na metrópole brasileira. Dito isso, o romance estaria pronto. No entanto, há muitos outros recursos – acredito que mais inconscientes do que propositais – usados pelo autor.

Ao transpor para o texto o mundo de Rodrigo S. M., Seu Raimundo, Macabéa, Glória, Olímpico, Dona Carlota, Hans, o autor "se transmite" numa linguagem cujos alcances o escritor não tem condição de prever: qual será a reação do leitor nesta leitura?

Rodrigo S.M. é, de certa forma, uma projeção da própria Clarice, pois tal como os heterônimos em Fernando Pessoa, ela escreve in[corpo]rando seu personagem, e não há melhor definição do que, nas palavras de Rodrigo:

Escrevo por não ter nada a fazer no mundo: sobrei e não há lugar para mim na terra dos homens. Escrevo porque sou um desesperado e estou cansado, não suporto mais a rotina de me ser e se não fosse a sempre novidade que é escrever, eu me morreria simbolicamente todos os dias.

Em certo trecho do seu livro, Rodrigo afirma: "Quando eu era menino em Recife", o que nos remonta à própria infância de Clarice, vivida também em Recife.

O que dizer da protagonista central, Macabéa? Nossa pobre Maca hoje é um dos símbolos do brasileiro alienado, malnutrido desde a infância, ingênuo e primitivo, junta-se ao Macunaíma, o herói sem nenhum caráter, de Mário de Andrade e o Abaporu – o homem que come gente, em tupi – de Tarsila do Amaral. Macabéa viveu no interior de Alagoas, depois Maceió, onde a própria Clarice viveu seus primeiros anos ao chegar da Ucrânia, antes de se mudar para o Recife e o Rio de Janeiro. Assim, o percurso Alagoas–Rio de Janeiro coincide com a própria história da autora que, nem todos sabem, levou sempre consigo a marca de um leve sotaque nordestino.

Macabéa foi criada por uma tia, pois os pais tinham falecido, tal como Clarice, que perdeu a mãe aos 10 anos de idade e foi criada pelas irmãs mais velhas e pelo pai. E Macabéa passeava no cais do porto para ver os navios, tal como Clarice, levada pelo pai, no Recife...

Macabéa mora na Rua do Acre, que sai da Praça Mauá, zona portuária do Rio de Janeiro. Acre, palavra que evoca a região tão distante do litoral carioca, o estado do Acre. E é palavra que tem tantas conotações que nos lembram essa personagem, como as que encontramos em dicionários: é o que tem sabor amargo, ácido, azedo, de cheiro ativo, forte, penetrante, de som agudo, pungente, de rudeza desagradável; áspero, mordaz, ríspido que provoca amargura; aflitivo, doloroso, tormentoso. Como Macabéa mora na Rua do Acre, trabalha como datilógrafa na Rua [Marquês] do Lavradio, outrora nobre, agora decadente, então atravessa o centro da cidade, seco, quente, árido, sem árvores ou água, tal como o sertão de Alagoas.

Mas Macabéa, nome sonoro que remete ao nordeste brasileiro, também nos leva à origem dos guerreiros judeus rebeldes, os macabeus, contra a cultura grega estrangeira e invasora. Os macabeus, grupo dominante e prestigiado de Israel cerca de dois séculos antes de Cristo, revoltaram-se quando Antiochus IV, rei da Síria (175-164 a. C.), tentou forçar a implementação do helenismo na Judeia. Desde as campanhas de Alexandre, o Grande, os hábitos e ideias gregas foram amplamente adotadas na Palestina. E Clarice, de ascendência judaica, foi aluna no Recife do Colégio Hebreu Ídish Brasileiro, hoje Colégio Israelita Moysés Chvarts, e pelo menos na infância viveu a cultura judaica. O nome Macabéa teria possivelmente origem nesse seu contato próximo com a cultura judaica, não esquecendo que *A hora da estrela* pode também nos remeter a um dos maiores símbolos do judaísmo, a estrela de David, com seis pontas.

Mas Macabéa também tem ligações concretas e intensas com a realidade da cidade onde vive e dos que lá também vivem. É o caso da sua atração por soldados. "Devo dizer que ela era doida por soldado? Pois era. Quando via um, pensava com estremecimento de prazer: será que ele vai me matar?" Seria a imagem do soldado da ditadura militar ainda na década de 1970? O soldado ameaçador? Ou a manifestação da libido? "Sou datilógrafa e virgem. – Sou moça virgem! Não sou mulher de soldado e marinheiro."

Quanto aos demais personagens da narrativa, reagem de modos diferentes em relação a Macabéa. Seu Raimundo, chefe do escritório onde trabalham Macabéa e sua colega –

e inicialmente amiga – Glória, quer demiti-la, mas recua com pena.

Já Glória não tem pena da amiga e não hesita em roubar de Macabéa o namorado Olímpico, nordestino, metalúrgico, esperto, desonesto, com ambição política – sonha ser deputado. Olímpico humilha Macabéa e se alia a Glória, a filha dos açougueiros pequeno-burgueses, que acolhem a alagoana com mesa tão farta que a obriga a vomitar...

E Olímpico traz no nome remissões possíveis. É "Olímpico", o grego, opositor dos Macabeus; é Olímpico "de Jesus" – que aqui também pode ser entendido como o profeta judeu que era dissidente do status quo e não necessariamente aquele que deu fundamento para o cristianismo; é, ainda, Olímpico de Jesus Moreira Chaves, nome de coronel do sertão e latifundiário, sobrenome falso acrescido por ele mesmo. E, como curiosidade, OLYMPIA era a marca estampada na máquina de escrever de Clarice enquanto escrevia o livro.



Com Dona Carlota, cartomante e ex-meretriz, a autora traz para a ação do romance a figura da mulher pobre e marginalizada:

> Ai que saudades da zona! Eu peguei o melhor tempo do Mangue que era frequentado por verdadeiros cavalheiros. Além do preço fixo, eu muitas vezes ganhava gorjeta. Ouvi dizer que o Mangue está acabando, que a zona agora só tem uma meia dúzia de casas. Em meu tempo havia umas duzentas. Eu ficava em pé encostada na porta vestindo só calcinha e sutiã de renda transparente.

Dona Carlota teria sido inspirada pela cartomante Dona Nair, que Clarice frequentou no Méier, no período em que escrevia o livro.

Dona Carlota ludibria Macabéa, não só porque é falsa cartomante, mas também porque lhe prevê um futuro brilhante com Hans, o estrangeiro rico, possivelmente alemão, e dono do "enorme como um transatlântico" Mercedes – o carro do chanceler do Terceiro Reich – que atropela a Macabéa judaica do sertão, três décadas depois, num holocausto no Rio de Janeiro. Aí a ficção novamente em torno da vivência real.

Por falar em Segunda Guerra, observa-se que sua história não foi "contada" para Clarice, foi de fato vivida e compartilhada: tendo chegado à Itália ainda conflagrada em agosto de 1944, acompanhando o marido a restabelecer o consulado do Brasil em Nápoles, foi enfermeira voluntária para cuidar dos brasileiros feridos no 45th General Hospital, tendo assim enfrentado as consequências das batalhas. E, antes, certamente assistiu às paradas na Avenida Rio Branco em 1942 que pediam a entrada do Brasil na guerra, já que diversos transatlânticos e navios de cabotagem brasileiros haviam sido afundados por submarinos e navios de guerra italianos e alemães, com o registro de mais de mil fatalidades do nosso lado.

Nada e tudo são pensados, intuitiva e sugestivamente envolvendo o leitor. Este aqui, pelo menos, absorve, relê, repensa, ri e volta frase por frase, em admiração constante.

— PAULO GURGEL VALENTE

*Este livro, publicado em edição especial de capa dura, foi impresso com as fontes tipográficas Didot e Akzidenz Grotesk.*